André Pieyre de Mandiargues

André Pieyre de Mandiargues

DER ENGLÄNDER

Roman

Aus dem Französischen übersetzt
von Heribert Becker

MATTHES & SEITZ

 Herstellung und Umschlaggestaltung Bettina Best, München. Satz: Gerber, München. Druck und Bindung: Wiener Verlag, Himberg (Österreich).
ISBN 3-88221-798-7

INHALT

DIE MANNIGFALTIGEN GESICHTER VON André Pieyre de Mandiargues

Gespräch geführt von Aliette Armel
(1988)

André Pieyre de Mandiargues gab nur wenige Interviews. Höchst bedacht auf die Perfektion der französischen Sprache, scheute er sich besonders davor, die ihm in den Mund gelegten Äußerungen als wie von seiner eigenen Hand geschriebene Texte erscheinen zu sehen. Wir geben hier, so genau und aufmerksam, wie wir können, zwei lange Gespräche wieder, die er uns freundlicherweise ermöglicht hat.

André Pieyre de Mandiargues, 1909 geboren, hatte immer eine Affinität zum Surrealismus, obwohl er im Hintergrund dieser Bewegung geblieben ist. In seinen Novellen und Romanen hat er eine neue Form des Phantastischen geschaffen, in dem die Frau und die Erotik überschwenglich gepriesen werden. Der Prix Goncourt wurde ihm

1967 für seinen Roman *La Marge* verliehen. Er hat auch Gedichte, Kritiken und Theaterstücke veröffentlicht.

André Pieyre de Mandiargues hat Angst vor Interviews: »Denn im Grunde genommen bin ich sehr unvorsichtig. Breton war in allem viel vorsichtiger als ich.« Er fürchtet, zuviel über seine Freunde zu erzählen, über die er viel besser und viel lieber spricht als über sich selbst. André Breton unerschütterlich die Treue haltend, erzählt André Pieyre de Mandiargues auch gerne von Jean Paulhan, Georges Bataille, Paul Eluard, André Masson, Philippe Soupault ... Malern und Schriftstellern, die zum größten Teil zur Bewegung des Surrealismus gehören, als deren immer noch großer Anhänger er sich selbst bezeichnet – vor dem Wort Religion schreckt er in diesem Fall nicht zurück.

Allzu persönliche Fragen mißfallen ihm, aus Furcht, der Vielgestaltigkeit des Wirklichen nicht gerecht zu werden: »Ich mag diese Verhör-Interviews nicht besonders, denn man neigt immer dazu, seinen Gegenstand dabei zu vereinfachen. Die meisten Gegenstände sind Kuben – was ihre Untersuchung ganz praktisch macht –, wenn's hochkommt Oktaeder und Dodekaeder. Steht man aber vor einem festen Körper, der so viele Flächen hat wie ich, dann muß das schon kompliziert sein, ihn zu fotografieren.« Diese mannigfaltigen Gesichter von André Pieyre de Mandiargues haben wir hier zu enthüllen versucht.

– *Auf diesem niedrigen Tisch in Ihrem Arbeitszimmer in der Rue de Sévigné, worauf Sie die Bücher legen, die Sie mögen, hat der erste Band der* Œuvres complètes *von André Breton in der Pléiade-Reihe heute einen guten Platz. Glauben Sie, daß André Breton diese Ausgabe gutgeheißen hätte?*

– Ich bin nicht sicher, ob André Breton zugestimmt hätte, sein Gespenst – wenn man so sagen kann – in der Pléiade-Reihe stehen zu sehen. Daß seine Texte Gegenstand einer Luxusausgabe sind, störte ihn nicht im geringsten. Er hätte ironisch gelächelt bei dem Gedanken, auf Dünndruckpapier gedruckt zu werden, aber es hätte ihn nicht geärgert. Im Gegensatz dazu hätte es ihm aber mißfallen, in die Pléiade aufgenommen zu werden, weil das in die »Französische Literatur« eingehen heißt. Breton haßte das Wort Literatur, genauso wie die

Sache selbst. Ich habe mich jedesmal von André Breton verbessern lassen müssen, wenn ich das Wort Literatur als Lob verwendete. Außerdem gibt es eine Menge in der Pléiade publizierte Schriftsteller, deren Nachbarschaft ihm zutiefst mißfallen hätte. Er hätte es zum Beispiel nicht erlaubt, neben Molière gestellt zu werden, für den er höchste Verachtung empfand – Verachtung, die ich übrigens teile. Breton hielt die Veröffentlichung in Zeitschriften oder Reihen an der Seite von Schriftstellern, die er verachtete, für einen Fehler. Er ertrug es ebensowenig bei denjenigen, denen er seine Freundschaft gönnte und die er an seinen Unterhaltungen teilnehmen ließ, und aus diesem Grunde hat er sich auch mit einer gewissen Zahl von ihnen überworfen.

– *Sie haben Breton sehr spät kennengelernt, 1947, nicht wahr?*

– Ich bin immer sehr schüchtern gewesen, es war fast morbid. Vor der Veröffentlichung meiner ersten Gedichtsammlung, *Dans les années sordides*, war es eine richtige Krankheit. Ich kannte die Bücher von André Breton und bewunderte den Surrealismus sehr. Mein Freund Cartier-Bresson, der sich schüchtern gibt, es aber meiner Meinung nach überhaupt nicht ist, hatte mehrere Male am Tisch der Surrealisten gesessen und erzählte mir seine Unterhaltung mit Breton. Zu jener Zeit hätte ich das niemals gewagt. Wie auch immer, auch später, als Breton – der meine Bücher gelesen hatte – zu mir sagte: »Ihr Platz ist bei uns, kommen Sie an unseren Tisch« – da habe ich diesen Anspruch auf Einsamkeit, durch den ich mich grundlegend von den Surrealisten, die die Gruppe brauchten, unterschied, beibehalten.

– *Sie haben Ihr erstes Buch veröffentlicht, als Sie in Monte Carlo waren?*

– In der Einsamkeit Monte Carlos, im Krieg, habe ich es als eine Notwendigkeit empfunden, eine Spur zu hinterlassen. Fast allein, ohne andere Hilfe als die der einfachen Arbeiter von Druck und Schriftsatz der Zeitung *Eclaireur de Nice*, druckte ich *Dans les années sordides* und *Hédéra*, ein ziemlich langes Liebesgedicht, einer Frau gewidmet, die ich sehr geliebt habe und deren Tod mir großen Kummer bereitet hat: Meret Oppenheim. Ebenfalls Surrealistin, war sie die Freundin Marcel Duchamps, und Breton schätzte sie sehr. Sie war es zum Beispiel, die (nach dem Krieg, in Basel) eine Art rituelle Zeremonie ausgearbeitet hatte, die auf einer Idee Sades basierte: ein Festmahl auf einer nackten Frau. Sie benützte eine Frau als Tisch und verteilte auf ihrem Körper Kaviar, Langusten, rohen Schinken, angenehme und schön anzusehende Nahrung, auch Früchte. Die Idee gefiel Breton so gut, daß er sie darum bat, das gleiche Festmahl auf einer nackten Frau während der Surrealismus-Ausstellung 1959 zu wiederholen, die die Erotik zum Thema hatte.

– *Breton ist jemand, der Ihnen viel bedeutet. Sie erwähnen ihn oft in Ihren Gesprächen zu den unterschiedlichsten Themen.*

– Breton ist für mich – und ich bin sicher, daß ich mich nicht täusche – viel mehr als ein Mensch. Einer der Menschen, mit denen ich Breton am ehesten vergleichen würde, ist dieser außergewöhnliche Italiener des 16. Jahrhunderts, Giordano Bruno, der von der Heiligen Kirche verbrannt worden ist.

– *Was verbindet diese beiden scheinbar so unterschiedlichen Figuren?*

– Eine außergewöhnliche Intelligenz, ein ungeheures Gedächtnis, eine Bildung, von der man sich keine Vorstellung machen kann, einen ständig aufbegehrenden Geist und einen Willen, das Oberste der Welten, in denen sie leben, zuunterst zu kehren, um zu etwas anderem zu gelangen. Sie sind zwei große Seher, unerklärliche Wesen.

– *Hatte Breton nicht eine zu lebhafte Neigung, Bannflüche auszustoßen?*

– Breton forderte für sich grenzenlosen Respekt. Aber solange man Ketzerführer war, war man in seinen Augen nicht zu verurteilen. Dagegen war er ziemlich eigensinnig im Hinblick auf die Freundschaften der ihm Nahestehenden und deren Veröffentlichungsbedingungen. Verurteilen bereitete ihm einen gewissen Genuß. Es war für ihn eine Art Spiel.

– *Sie selbst, haben Sie sich nie mit André Breton zerstritten?*

– Ich fühlte mich sehr geschmeichelt, daß er mir ein bißchen von seiner Freundschaft gönnte. Aber was mich traurig gemacht hat, war, daß Breton mir im Grunde genommen immer ein wenig mißtraute. Vielleicht meines Namens wegen? Er hat zu mehreren Personen über mich gesagt: »Mandiargues, ja ... aber Sie werden sehen: er wird mit der Ehrenlegion und der Académie française enden.« Aber ich habe die Ehrenlegion, dieses verachtenswerte Band, dessen Begründer allein schon ausreichen müßte, jegliches wohldenkende Wesen fernzuhalten (Napoleon ist gewiß die Person, für die ich am meisten Antipathie hege), abgelehnt. Was das betrifft, wurde mir neulich ein ganz hübsches Geschichtchen erzählt: Jean Paulhan, der Breton sehr bewunderte, trug eine abnehmbare Ehrenlegion, die er in seine Tasche steckte, jedesmal wenn er die Treppe zu Breton hinaufstieg. Jemand plauderte es bei Breton aus, der eines Tages zu Paulhan sagte: »Wissen Sie, lieber Freund, Sie können Ihre Ehrenlegion ruhig angesteckt lassen, wenn Sie zu mir kommen, das stört mich nicht.« Die Académie française hatte ich nicht abzulehnen, denn man muß sich darum bewerben. Es besteht also keine Gefahr, sie sich gegen den eigenen Willen zu holen, wie etwa Gelbfieber! Ich glaube, die Ehrenlegion mißfällt mir noch mehr als die Académie française. Daß ein Mann wie Georges Bataille sich mit der Ehrenlegion schmücken konnte! Wenn man die *Histoire de l'œil* (dt. *Die Geschichte des Auges*) geschrieben hat!

– *Es gab viele Widersprüche bei Georges Bataille.*

– Ja, sehr viele. Er hatte ein bißchen etwas von einem Seminaristen, und das behielt er bis zum Schluß bei.

– Trotz allem scheinen Sie Georges Bataille sehr oft gesehen und ihm eine gewisse Bewunderung entgegengebracht zu haben, ähnlich der, die Sie für Breton hegten?

– Georges Bataille ist natürlich nicht so bedeutend wie Breton. Aber sein Buch *Histoire de l'œil* hat mich stark geprägt, als ich es in den 30er Jahren in meinen Besitz bringen konnte. Es war auch die Zeit, wo Bataille mit ein paar Mitarbeitern, darunter der Maler André Masson, diese großartige Zeitschrift *Acéphale* herausgab. Georges Bataille und André Masson bildeten damals ein poetisch-künstlerisches Zweiergespann, das mich sehr beeindruckte (ich habe mich selbstverständlich erst nach dem Krieg getraut, sie zu treffen). Während ihres Aufenthalts in Spanien, in Tossa de Mar 1936–1937, und während ihrer Ausflüge nach Montserrat entdeckten sie zusammen, wie der Tod zum Gegenstand eines Kultes werden kann. In der Erinnerung an diesen Katalonien-Aufenthalt von Bataille und Masson[1] ließ ich meinen Roman *La Marge* in

1. André Pieyre de Mandiargues hat kürzlich seine Beziehung zu André Masson im Katalog der Ausstellung *André Masson et le théâtre*, Festival de Bellac, 1 bis, rue Louis Jouvet, 87300 Bellac, geschildert.

Barcelona spielen. Es gibt zwei grundlegende Pole in meinem Werk: das Phantastische und das Erotische. Bataille hat – mit Sade zusammen natürlich – den erotischen Teil meiner Bücher beeinflußt. Ich habe eine ausgeprägte Liebe zu grausamer Literatur in mir, und Bataille war als großer Masochist einer der Hohepriester der Grausamkeit.

– *Was den phantastischen Teil Ihres Werks angeht, welchen Autoren fühlen Sie sich nahe?*

– Ich fühle mich von einer so großen Reihe französischer oder ausländischer Erzähler und Dichter abstammen, daß ich außerstande bin, sie alle zu nennen. Am Anfang zog es mich zur phantastischen Erzählung, so wie sie die Schriftsteller der deutschen Romantik begriffen. Hoffmann hat mir immer ungeheuer gefallen: es hat mich sehr gefreut, den *Kater Murr*[2], eine Erzählung, die mich schon immer bezaubert hat, in einer auflagenstarken Reihe neu herausgegeben zu sehen. Hoffmann wurde in Frankreich sehr früh gelesen, doch man beschränkte sich dabei immer auf gewisse Erzählungen, die schöne Damen der Vergangenheit, Kutschen, Geschichten von Ge-

2. E. T. A. Hoffmann, *Lebensansichten des Katers Murr.*

spenstern und Geistern zum Thema hatten. Heute erst entdeckt man die wirklich phantastische Seite bei Hoffmann. Ich habe auch sehr viel Achim von Arnim gelesen, vor allem die *Trois Contes*, denen ein berückendes Vorwort von André Breton vorangestellt ist[3]. Lange Zeit waren das die einzigen Texte Arnims, die wir auf französisch hatten, und einige wichtige Werke von ihm gibt es immer noch nur auf deutsch, und ich habe sie nicht gelesen, weil ich kein Deutsch kann. Ich lese ganz gut Italienisch, Englisch und Spanisch und bedauere es sehr, kein Deutsch zu können. Nachdem wir von den deutschen Romantikern gesprochen haben, müßte man die Erzähler und Romanautoren des 19. Jahrhunderts, insbesondere die amerikanischen, erwähnen. Ich würde den Namen des gewiß Größten nennen: Nathaniel Hawthorne. Ich würde auch von Edgar Allan Poe reden, den André Breton sehr bewunderte, nach einer ersten Periode, als die

3. André Pieyre de Mandiargues spricht hier von einer französischen Ausgabe von Achim von Arnim mit dem Titel *Contes bizarres*, übersetzt von Théophile Gautier Sohn, welche Illustrationen von Valentine Hugo, eine Einleitung von André Breton und ein Vorwort von Théophile Gautier enthält. Paris, Cahiers libres, 26 Dez. 1933.

Surrealisten sich wie das Revolutionsgericht gebärdeten und ein Losungswort die Runde machte: »Lesen Sie auf keinen Fall Edgar Allan Poe, denn er ist der Erfinder des Kriminalromans«. Ebenso haben andere phantastische Texte geschrieben, die die Franzosen am Anfang außerordentlich erstaunten, da sie Variationen über die Zeit waren. Borges bediente sich dieses Vorgehens etwas später sehr gelungen. Ich hatte viele Notizen zum Thema eines Mannes angehäuft, der erschossen werden wird und der in dem kurzen Moment, in dem man auf ihn zielt, sein ganzes Leben noch einmal sieht. Aber als ich Borges las, wurde mir klar, daß er dieses Thema schon weitgehend behandelt hatte. Es ist nicht undenkbar, daß man im Augenblick des Todes einen großen Teil seines Lebens so wiedererlebt, den glücklichsten oder im Gegenteil den schrecklichsten Teil. Man könnte sagen, daß man die Idee von Paradies und Hölle, an die die Menschen heute nicht mehr recht glauben, auf diese Weise verstehen soll. Aber vielleicht haben sie unrecht, nicht mehr daran zu glauben.

– Und Sie, glauben Sie ans Paradies und an die Hölle?

– Sicher nicht so, wie die Dinge in der Regel von den christlichen Kirchen gepredigt werden. Ich würde mich eher mit den indischen Vorstellungen anfreunden: ihr werdet das Getane nie auslöschen, und eure Wiedergeburten werden von euren Taten bestimmt sein. Was ich an den Lehren der römisch-katholischen Kirche am meisten verabscheue, ist die Idee des Gewissensbisses, der Reue: die Taten bestimmen den Menschen, stirbt er, so muß er es akzeptieren, ein Mörder gewesen zu sein. Ich wurde in einer streng kalvinistischen Familie erzogen, und ich bin dem treu geblieben, was Calvin Prädestination genannt hat, indem er sich der Idee einer Freiheit widersetzte, die es der Gottheit erlaubt, den Menschen mit allem Anschein von Gerechtigkeit zu züchtigen. Alles, was wir tun, ob gut oder böse, stand wahrscheinlich schon lange vor unserer Geburt irgendwo geschrieben.

– Diese Idee ermöglicht es uns, zum Thema der Esoterik zu kommen, die in Ihrem Werk stark ausgeprägt ist. Welches sind Ihre Quellen in diesem Gebiet? Ist es Swedenborg, den Sie manchmal in Ihren Büchern zitieren?

– Swedenborg, in der Tat. Aber ich habe vor allem das tibetanische *Bardo Thödol* und das ägytische *Totenbuch* gelesen und wiedergelesen. Es ist amüsant festzustellen, daß sich die beiden gegenseitig widersprechen. Ich nehme das Ganze mit viel Humor. Ich habe keinen absoluten Glauben an die Vorgaben der Esoterik, auch nicht an die Theorien Calvins.

– *Aber Sie geben sich doch sehr empfänglich für die Astrologie.*

– Ich bin voller Bewunderung für die Offenbarungen, die sie uns bringt, gleichermaßen über uns selbst wie über die anderen. Doch glücklicherweise ist es äußerst schwierig, sich diese zunutze zu machen. Breton hatte ebenfalls eine Leidenschaft für die Astrologie, aber bei seinem eigenen Horoskop hat er sich getäuscht. Er glaubte immer, er sei Sonne im Zeichen des Widders, dabei war er Sonne im Zeichen der Fische. Das war eines der ersten Dinge, über die wir bei unserer Begegnung im Jahre 1947 gesprochen haben. Er hatte mich gefragt, in welchem Sternzeichen ich geboren wäre. Ich hatte ihm geantwortet »Fisch«, und er rief aus: »Fisch, Fisch, Sie erstaunen mich, es muß etwas vom Löwen in Ihnen sein«. Nun, mein Aszendent ist Löwe, und der ist den Fischen genau entgegengesetzt. Das ist einer der Gründe meiner ständigen Vieldeutigkeiten, dieses Widerspruchsgeists, an dem man mich erkennt, und an dem ich mich selbst erkenne. Ich gleite sehr oft, fast augenblicklich, von einem Extrem zum anderen, von der Anarchie zum Rechtsextremismus, wenn Sie so wollen, ohne übrigens großes Interesse damit zu verbinden. Ich hatte nie eine Wahlberechtigungskarte. Ich halte sie für ein unnützes und ein wenig abstoßendes Ding. Außerdem scheint es mir, als ob jedes vernünftige Individuum sich von einer Art Schuld beladen fühlen müßte angesichts der Dummheiten und Verbrechen, die die Leute, die gewählt werden, fortwährend begehen.

– *Sie sprechen vom Rechtsextremismus. Ich nehme an, Sie verstehen ihn nicht in dem zur Zeit aktuellen Sinne, dessen Konnotationen überhaupt nicht zu Ihrem Vorgehen passen.*

– Ich denke nicht, daß Sie eine Anspielung auf diesen Idioten machen, der den Leuten Angst einjagt. Er ist ein Dummkopf, wie es von Zeit zu Zeit welche gibt, an die aber in fünf oder sechs Jahren keiner mehr denken wird.

– *Tatsache ist vor allem, daß Rechtsextremismus oft mit rassistischen oder mit der Diktatur sympathisierenden Positionen gleichgesetzt wird. In* La Marge *zeigen Sie nun aber Ihren Haß auf Franco (dem Sie den Spitznamen »Fürhunkel« geben), und in den Gesprächen mit Francine Mallet* (Le Désordre de la mémoire) *verurteilen Sie Pinochet unverhüllt.*

– Sie werden in meinem Leben keine einzige rechtsextremistische Handlung finden, niemals. Ich habe dann und wann ein paar linksextremistische Taten vollbringen können, die ich ziemlich auf die leichte Schulter genommen habe. Massaker habe ich schon immer gehaßt, die Tatsache zu töten. Was mir zum Beispiel an Sade gefällt, ist, daß er das Töten während der Revolution abgelehnt hat, wo er doch die Möglichkeit dazu gehabt hätte, und im Gegenteil Aristokraten das Leben gerettet hat. Im gleichen Zusammenhang hätte ich mich aufschwingen und René Char aufsuchen sollen. Ich habe ihm meine Bücher geschickt, er schickte mir die meisten der seinigen mit einer Widmung, aber ich hatte nie wirklich Lust, ihn kennenzulernen, denn ich konnte nicht vergessen, daß er im Krieg tatsächlich getötet hatte. Das einzige Mal in meinem Leben, wo ich recht energisch Position bezogen habe, war damals, als Frankreich alles daran setzte, die Araber niederzumetzeln, damit Algerien französisch bleibt: ich habe das *Manifest der 121* unterzeichnet. Ich habe auch für den *14 juillet*, diese kleine, von einem äußerst intellektuellen und intelligenten Erzähler, Maurice Blanchot, gegründete Zeitschrift, geschrieben. Ich war immer ziemlich antipatriotisch eingestellt, und als ich dann eine Zeitschrift gefunden hatte, der mein Antipatriotismus recht war, habe ich kein Blatt vor den Mund genommen. Ich schrieb: »Es gibt überhaupt keinen Unterschied zwischen Nationalismus und Patriotismus, sie sind genauso unzertrennlich voneinander wie der Eiter vom Geschwür.« Dieser Satz fand bei einigen Personen Beachtung und wurde insbesondere in der Zeitung der O. A. S. (Organisation de l'armée secrète; Anm. d. Ü.) in Algerien mit dem Vermerk veröffentlicht: »Wir werden noch miteinander abrechnen«. Ein andermal habe ich ein Gedicht veröffentlicht, das zu Unrecht als Angriff gegen Eluard interpretiert wurde. Eine bestimmte Art von Gedichten mag ich sehr gern bei Eluard, der für mich der Dichter der Liebe, der körperlichen Liebe und der Erotik ist. Meine Verse waren nur eine Beschimpfung der Patrioten: »Aux murs des chiottes/J'écris ton nom/patriote« (»An die Wände des Scheißhauses schreib' ich deinen Namen/Patriot«).

– *Letzten Endes ist diese Haltung, die Sie als »rechtsextrem« bezeichnen, recht eigenartig. Kommt sie nicht eher der Aristokratie nahe?*

– Sie haben wahrscheinlich recht. Das Wort Demokratie gefällt mir überhaupt nicht. Ich würde es eher wie Baudelaire halten, der, wenn er das Wort Demokratie hörte, traurig die Schultern hochzog. Ich reagiere vielleicht nur aus Oppositionshaltung gegenüber den anderen so. In meiner Familie gab es eine gewisse Anzahl rechtsextremer Verschwörer. Als Kind begeisterte mich die Geschichte von Cadoudal und den Royalisten, die durch die Mithilfe der Engländer an unseren Küsten, entlang der Kreidefelsen, der Landschaft meiner Kindheit, landeten. Die Penly-Schlucht, wo Cadoudal an Land ging, lag wenige Schritte von dem in einigen meiner ersten Bücher und Gedichte wiedererscheinenden Strand meiner Kindheit, Merneval, entfernt, der mich noch bis heute verfolgt. Ich habe ein Gedicht beendet, das in limitierter Auflage und von dem Drucker Mirós, Robert Dutrou, hergestellt, veröffentlicht werden wird – sobald der Maler Alechinsky die Drucke dazu fertig hat. Das Buch wird in Erinnerung an meine Kindheit *Portes de craie* heißen.

– *Sie haben viel mit Malern zusammengearbeitet. Ihr Interesse für die Malerei läßt sich sehr weit zurückverfolgen, denn Sie sind der Enkel des bekannten Kunstsammlers Paul Bérard.*

– Vor dem Krieg, während dieser Periode größter Schüchternheit, die ich beschrieben habe, war ich nur mit Malern (insbesondere mit Leonor Fini befreundet: ich besaß nämlich ein 8-Zylinder-Kabrio für den Transport ihrer Gemälde. Ich kann mich auch aus einem anderen Grund darüber freuen: im Gegensatz zu dem, was viele Leute sagen und glauben, ist es nicht wahr, daß Lyrik nichts einbringt. Leute wie Breton oder Eluard könnten Ihnen, wenn sie wiederkämen, sagen, daß ihnen die Lyrik dank ihrer Freundschaften mit sehr bekannten Malern beträchtliche Erträge abwarf.

– *Und wie geschah das genau?*

– Über all dem werden wir ein kleines Geheimnis schweben lassen. Weder die Schriftsteller noch die Maler würden es preisgeben wollen. Ich habe Ihnen schon zuviel darüber gesagt.

– *Beziehungen mit Künstlern sind nicht immer leicht. Sie sahen sich gezwungen, vor allem von Dubuffet Abstand zu nehmen.*

– Ich mag Dubuffet noch immer. Aber er wiederholte sich ein wenig zu oft und raffte alles an sich. Er hätte mich zu gerne in seine Dienste genommen, damit ich eines seiner Bücher mit meinen Texten illustriere. Als der zweite *Belvédère*, eine zuerst 1962 erschienene Essay-Sammlung, herauskam, worin viel von ihm, aber seitenweise auch von zahlreichen anderen Malern die Rede ist, sagte Dubuffet zu mir: »Ihr Buch ist sehr gut, ich habe alles mich Betreffende gelesen«, und es war klar, daß er nichts von dem über die anderen Geschriebene, vor allem nichts über Max Ernst lesen würde. Ich habe so drei *Belvédères* veröffentlicht. Es wird wahrscheinlich einen vierten, von anderen als mir (Akademikern zum Beispiel, die sich für mein Werk interessieren) zusammengestellten *Belvédère* geben: sie sind fähiger als ich heute, alle Literatur- und Kunstkritiken, die ich seit der Veröffentlichung des dritten *Belvédère* im Jahre 1971 geschrieben habe, zusammenzustellen.

– *Suchen Sie die Maler selbst aus, mit denen Sie zusammenarbeiten?*

– Oft habe ich mich selbst für die Maler entschieden, über die ich schreiben wollte. Aber manchmal suggerierte man mir auch welche. Zum Beispiel hat mich ein junger, von Arcimboldo begeisterter Tscheche auf die Idee gebracht, ein Buch über den Maler zu schreiben, welcher untrennbar ist von Prag, der Stadt, in der er hauptsächlich gearbeitet hat. Daraufhin entstand eine grenzenlose Bewunderung für Arcimboldo in mir, die mit seinen Gemälden, aber auch mit der Untersuchung seiner Person zusammenhängt.

– *Mir scheint, Ihr Interesse für jemanden knüpft sehr oft genauso stark an den exemplarischen, von seinem Schicksal umhergetriebenen Charakter wie an sein Werk an. Auf diese Weise haben Sie begonnen, sich für Gesualdo – einen eifersüchtigen und blutrünstigen Ehemann, bevor er jener bekannte Musiker wurde – zu begeistern – und Sie zitierten eben Arcimboldo.*

– Ja, ich glaube, das ist ziemlich oft so. Aber es gibt Ausnahmen: der Italiener Morandi zum Beispiel. Sein Leben und Werk sind vollkommen simpel und haben sich vom Anfang bis zum Ende seines Lebens kaum verändert. Ich gebe ihm einen Platz unter den großen Malern seiner Zeit.

– *Und heute, welches sind Ihrer Meinung nach die größten lebenden Maler?*

– Ljuba und Toledo. Letztendlich wird man wohl erkennen, daß die großen Bilder des Malers Ljuba[4] zum Wichtigsten gehören, was heutzutage gemalt wird. Was den Mexikaner Toledo[5] betrifft, so ist er den Franzosen fast gänzlich unbekannt, was ihn selbst gleichgültig läßt, da die Mexikaner und Nordamerikaner alles, was er macht, zu sehr hohen Preisen kaufen. Er malt oft die Tierwelt seines Landes. Ich teile seine Liebe zu Kröten. Zu den guten Taten meines

4. Der 1934 in Jugoslawien geborene Maler Ljuba wohnt seit 1963 in Paris. Für einen seiner Ausstellungskataloge (Galerie de Seine, 1972) schrieb André Pieyre de Mandiargues: »Die surrealistische Schule (wenn es erlaubt ist, eine solche Bezeichnung zu verwenden) hat sich um vier oder fünf große Künstler herum gebildet, die von ihren Gedanken und ihrer Art her völlig unterschiedlich waren und die nur durch den Einfluß von André Breton und den Verkehr im Freundeskreis eine »Gruppe« waren. Wenn Ljuba dem Surrealismus zuzuordnen ist, woran, wie mir scheint, kein Zweifel besteht, dann wahrscheinlich über Dalí.«

5. Der 1940 in der mexikanischen Provinz Oaxaca geborene Toledo hat sehr jung begonnen (schon mit 19 Jahren hat er in Mexiko und in den Vereinigten Staaten ausgestellt). Von 1960 bis 1965 hat er in Europa studiert (insbesondere in der Druckwerkstatt von Hayter in Paris). Er hat in Mexiko, New York, Paris und Barcelona gearbeitet. Er ist Maler, Lithograph, Bildhauer, Radierkünstler und Töpfer, und er hat Wandteppichmuster geschaffen. (Beiläufig: Toledo war der Liebhaber von Mandiargues' Ehefrau Bona ...)

Lebens zähle ich die Rettung einer beträchtlichen Anzahl von Kröten, die sich nachts auf die Straße wagten, wo Verkehr war.

– *Es gibt in Ihren Geschichten viele Tiere. Sind das oft mythische Tiere?*

– Ich liebe Kröten, Schlangen und Katzen sehr. Folglich schreibe ich viel über sie.

– *Aber es ist doch eher der Mensch, der Sie interessiert?*

– Unter der Bedingung, daß Sie den weiblichen Menschen meinen. Ich ergreife immer Partei für die Frau. Mein letztes Buch *Tout disparaîtra* ist gerade unter diesem Gesichtspunkt beweiskräftig, der Mann als Opfer der Frau wird darin gequält, zerkratzt und ausgepeitscht.

– *In der Tat gibt es in diesem Buch, wie in* Le Deuil des roses *(dt.* Die Trauer der Rosen), *eine Art Verkehrung einer von Sade und Bataille inspirierten Erotik: die Männer werden in die Situation gebracht, in die Sade und Bataille die Frau stellten. Aber in diesen Texten ist der Erzähler ein Mann. Können Sie sich leichter in einem männlichen oder einem weiblichen Ich ausdrücken?*

– Ich schreibe sicher lieber mit einem weiblichen Ich. Der Roman, der mir am leichtesten fiel, ist mein erster, den ich 1965 veröffentlicht habe, *Le Lis de mer* (dt. *Lilie des Meeres*), worin das Ich weiblich ist.

– *Warum schreiben Sie das Wort »lis« mit einem »i«, und nicht mit »y«, wie das, so scheint mir, heutzutage der gängige Gebrauch ist?*

– In meinem letzten Buch schreibe ich auch Miriam ohne »y«, der hebräischen Schreibweise entsprechend. Das »y« ist ein Hellenismus, der spät von den griechischen Kopisten in den griechischen Klöstern hinzugefügt wurde. Ich versuche, mich so wenig wie möglich der Wörter hellenischen Ursprungs zu bedienen, da ich mich tief drinnen lateinisch fühle. Eines der Dinge, für die ich die größte Liebe hege, ist die französische Sprache. Die französische Sprache ist ein abgeleitetes, von den Volksmassen verdorbenes Latein, was als Rechtfertigung für meine rechtsextremen Einstellungen ausreicht. Wenn ich sehe, was man gerade aus unserem schönen Französisch macht, das – es ist gar nicht so lange her – das Französisch Flauberts war, es ist erschreckend! Die größte Katastrophe, die wir heute erleben, das ist diese Pseudo-Zerstörung, diese Ruinierung des Französischen und des Englischen. Das heute von den Amerikanern gesprochene Englisch ist etwas Gräßliches. Ich hänge auch sehr an der englischen Sprache. Was das angeht, bin ich nicht wie Breton, der sich sogar bei seinem 5 Jahre-Exil weigerte, Englisch zu lernen, nur um seine französische Sprache nicht zu beschädigen.

– *Sie haben im übrigen eine gewisse Anzahl von Übersetzungen aus dem Englischen, dem Spanischen und sogar dem Japanischen gemacht. Dabei sprechen Sie doch gar kein Japanisch?*

– Ich habe Mishima aus dem Japanischen über das Englische übersetzt, aber daß es »übersetzt aus dem Japanischen« heißt, scheint mir ganz normal zu sein, denn der Ausgangstext ist einfach ein japanisch/englisches Wort-für-Wort, das überhaupt nichts mehr mit der englischen Sprache zu tun hat.

– *Sie haben viele Gedichte übersetzt?*

– Ja, insbesondere einen der schönsten Gedichtbände von William Butler Yeats, *Le Vent parmi les roseaux* (engl. *The Wind Among the Reeds*).

– *Sie haben auch Theaterstücke übersetzt?*

– Durch die Bearbeitung von *Madame de Sade* (jap. *Sado Koshaku Fujin*) von Mishima, aber auch durch *La Fille de Rappacini* (span. *La hija de Rappacchini*) beschäftigte ich mich viel mit dem Theater. Letzteres, im Auftrag von Leonora Carrington sehr schnell von Octavio Paz verfaßte Theaterstück könnte fast als spanische Bearbeitung einer Novelle von Nathaniel Hawthorne betrachtet werden, von der es stark inspiriert ist. Es ist sehr schwer, ein wirklich originelles Thema für ein Theaterstück zu finden. Das ist übrigens auch der Grund dafür, warum ich persönlich nur drei Stücke geschrieben habe, obwohl ich Lust gehabt hätte, mehr Theater zu machen. Die Kontakte zur Bühne haben mir viel gegeben. Ich hatte nämlich in meinen frühsten Erzählungen große Schwierigkeiten, die Figuren reden zu lassen. Das Theater hat es mir ermöglicht, den Dialog zu beherrschen, und mein letztes Buch, *Tout disparaîtra,* ist fast ausschließlich in Form einer Diskussion zwischen zwei Personen geschrieben.

– *Sie schreiben fürs Theater – Übersetzungen und Eigenschöpfungen –, aber Sie sind auch sehr empfänglich für Theateraufführungen, die Sie selbst miterleben können.*

– Die Aufführung von *Numance* im Jahr 1937 hat mich zum Beispiel sehr aufgewühlt: dieses Stück von Cervantes, das André Masson Jean-Louis Barrault empfohlen hatte. Die zwischen dem Regisseur und dem Maler herrschende große Verbundenheit brachte etwas so Stürmisches und Dramatisches hervor wie das Buch, das seine Inspirationsquelle war. Es war ein Stück, das einen so verwandelte wie gewisse Interpretationen von Shakespeare. Wir haben noch nicht von Shakespeare gesprochen, einem der bewundernswürdigsten Genies, die jemals existiert haben, und einem im übrigen sehr mysteriösen Wesen. Man kann sich fragen, ob die Sonette, diese so wunderbaren und feinen Gedichte, aus derselben Hand stammen, die die Grobheiten eines Falstaff niederschrieb. Shakespeare wäre demnach ein erstaunlich viel gestaltiger Kopf. Ich habe vor kurzem meine Frau Bona in *Titus Andronicus* mitgenommen. Wenn ich Stücke schreibe, wirft sie mir oft vor, ständig auf Vergewaltigung, Verbrechen und Mord zurückzukommen. Aber *Titus Andronicus* ist ein einziges Blutbad. Alle töten sich gegenseitig, wie so oft im Elisabethanischen Theater, das ich sehr bewundere.

– *Könnte man bei Ihrem Interesse für die Bühne nicht weitergehen und sagen, daß für Sie alles Theater ist?*

– Ganz genau, alles ist Theater, und zwar erstmal in dem Sinne, daß die geringsten

Ereignisse in unserem täglichen Leben meist dem Theater ähneln, einem geschickt oder ungeschickt in Szene gesetzten Stück (schauen Sie sich an, was in der Politik geschieht, das Wahlspiel zum Beispiel). Wir sind gleichzeitig Schauspieler und Zuschauer unserer eigenen Existenz. Andererseits habe ich mit Ihnen über das Festmahl auf einer nackten Frau, eine von Meret Oppenheim inszenierte Zeremonie, gesprochen. Oft finden sich in meinen Büchern ähnliche Inszenierungen, wo die Figuren in komplexen Beziehungen zueinander stehen: die Hauptfigur akzeptiert es, die ihr von einem meist unsichtbaren Regisseur zugeteilte Rolle zu spielen. Aber wir wissen, daß es sich bei den meisten Geschehnissen in unserem Leben so verhält, wo wir die mehr oder weniger einverstandenen Schauspieler eines im voraus geschriebenen Stückes sind.

– *Theater und Erzählung sind also bei Ihnen tief miteinander verbunden. Haben Sie in Ihren letzten Veröffentlichungen nicht die Lyrik etwas vernachlässigt, die doch Ihre erste Ausdrucksform war?*

– Die Liebe zur Lyrik ist etwas, das mich seit ungeheuer langer Zeit umtreibt, und ich habe nie aufgehört, Gedichte zu schreiben.

Im übrigen habe ich eben ein Gedicht mit dem Titel *Enigma* beendet, das Giorgio de Chirico gewidmet ist. Aber Gedichte fallen mir ziemlich schwer. Deshalb veröffentliche ich nur wenige Gedichtbände. Die meisten meiner Gedichte lasse ich zuerst in ungefähr hundert Exemplaren in Form einer bibliophilen Ausgabe drucken. So wird *Portes de craie* anfangs bei R. L. D. (Robert und Lydie Dutrou) mit Illustrationen von Alechinsky erscheinen. Danach wird es in meine nächste Sammlung aufgenommen werden, die ich wahrscheinlich *Fille de perle* nennen werde.

– Enigma, *das ich vor mir liegen habe, besitzt eine Zeitangabe (13. 5. 88), so wie die meisten Ihrer neuen Gedichte. Was bedeutet diese Datierung?*

– Das ist der Zeitpunkt, zu dem ich das Gedicht als beendet betrachte. Ich bedaure es, nicht alle meine Bücher derart datiert zu haben. Von dem Moment an, wo man etwas über das Leben eines Dichters weiß, ist es sehr wertvoll, das Datum der Fertigstellung eines Textes zu kennen. Für einen Kritiker kann es keine bessere Interpretationsquelle geben. Ich glaube, daß das eine vortreffliche Angewohnheit ist, die ich gerne von den meisten unserer Schriftsteller und Lyriker angenommen sehen würde.

– *Haben Sie in Ihrer fast fünfzigjährigen Schreibtätigkeit eine Entwicklung bemerkt? Ich habe zum Beispiel festgestellt, daß Sie von einer bestimmten Periode an, vielleicht seit* La Marge, *sehr viel Inversion benutzen und so fast systematisch die Hauptnominalgruppe ans Satzende stellen, aber ohne daß Ihr Stil dadurch schwerfällig wird, was eine große Leistung angesichts der Schwierigkeit dieses Vorgehens ist.*

– Als Kritikerin steht es Ihnen zu, das zu sagen. Ich für meinen Teil habe etwas ganz anderes beobachtet: in dem Maße, wie ich älter und impotent wurde, nahm die Erotik in meinem Werk immer mehr Gestalt an, wo das normalerweise das Gegenteil hätte sein müssen.

– *Tatsächlich gibt es viel gewalttätige Erotik in Ihrem letzten Roman* Tout disparaîtra.

– Ja, aber Vorsicht, viele Leute lesen nur das. Doch wenn Sie genau hinsehen, werden Sie ungefähr dreißig Seiten finden, auf denen eine sehr brutale Sexualität beschrieben wird. Der Rest, der ganze Teil in der Métro, ist nicht erotisch. Was das sich auf der Insel Abspielende angeht, befinden Sie sich hingegen völlig im Bereich des Mysteriösen. Ich wäre außerstande, Ihnen zu sagen, was dieser zweite Teil bedeutet. Er spielt absichtlich am Seine-Ufer, an einem der magischsten Orte von Paris. Breton war fasziniert von dieser Art Kap, wo die Ile de la Cité aufhört und sich das Standbild des Königs Heinrich IV. erhebt. Dieser Schluß spielt auf die Wiedergeburten an, an die bestimmte östliche Völker – Ägypter, Inder – glauben oder in der Vergangenheit geglaubt haben. Mit Zitaten aus nicht genug gelesenen Texten wie dem in Toledo im zwölften Jahrhundert geschriebenen Sohar taucht man auch in die jüdisch-arabische Mystik ein. Juden und Araber waren während einer ziemlich langen Periode unzertrennlich. Man will uns zu Unrecht glauben machen, daß das, was im Nahen Osten geschieht, ein Religionskrieg sei. Erst sehr spät und aufgrund der Schuld dessen, was man Israel genannt hat, ist bei den Arabern ein schrecklicher Haß aufgekeimt. Folglich hatte ich ein Buch zum Ruhm der jüdischen und der arabischen Frau gemacht, der Urenkelin zweier verfolgter Minderheiten.

– Sind Sie mit der Kinofassung, die Borowczyk gerade von Ihrem Roman Tout disparaîtra *gemacht hat, zufrieden?*

– Es ist eine eher erfreuliche als böse Überraschung. Leider hat der Regisseur, der von seinem Produzenten die Vorgabe hatte, den Film nicht länger als 1 Stunde und 35 Minuten zu machen, die erotischen Szenen nicht genügend gekürzt (insbesondere hätte er fünf oder sechs Minuten der Tanzszene mit den Messern wegschneiden können). Es hätte demnach einen zweistündigen Film gebraucht, um das wiederzugeben, was man filmisch aus dem zweiten Teil auf der Insel hätte herausholen können, dieser Geschichte mit der Weide, die für mich sehr geheimnisvoll bleibt und dabei mehrere Bedeutungen bekommt.

– Findet sich die tiefere Bedeutung dieses zweiten Teils nicht im Titel selbst des Buches Tout disparaîtra: *alles wird vergehen? Hat das Drohen einer nahen Katastrophe Sie nicht Ihr ganzes Leben lang umgetrieben?*

– Das ist in der Tat etwas, das mich nie verlassen hat. Ich weiß nicht, wohin die Menschheit geht, aber sie geht auf alle Fälle auf das Schlimmste zu. Ich glaube, ich habe Glück, daß das Leben hinter mir liegt.

– Für Sie wird also alles unaufhaltsam vergehen?

– Nicht einmal dessen ist man sicher. Niemals ist man sich einer Sache sicher.

– *Der Tod ist eine der Formen des Verschwindens?*

– Ja und nein, ich hoffe ... Es gab eine Zeit, wo ich, wenn von einem Toten die Rede war, sagte: »Die Lichter gehen im Kino in dem Moment aus, wo der Film anfängt.« Eines weiß ich fast gewiß, und zwar, daß nach dem Tod viel geschehen wird, ganz anders als das, was die Leute und vor allem die Priester sich vorgestellt haben.

– *So glauben Sie also an die Ewigkeit?*

– Auch davon weiß ich nichts. Lassen Sie mich nicht so absolute Dinge sagen.

(Aus dem Französischen übersetzt von Birgit Leib)

André Pieyre de Mandiargues

DER ENGLÄNDER

Roman

Ich bitte darum, dieses Buch als eine Art *Stierkampf* zu betrachten.

Zur Erinnerung an E. J.

und für die (geheime) Gesellschaft der Freunde Aubrey Beardsleys

Nicht ohne besondere Zärtlichkeit blicke ich heute auf das Manuskript des Anglais, *das ich in den Jahren 1951 und '52 mit der kleinen, engen Handschrift zu Papier gebracht habe, die ich in jener Zeit hatte, in einer für mich von einem so ungeteilten und reinen Glück erfüllten Zeit, daß ich selbiges als nicht sehr dauerhaft empfand und versuchen wollte, seine Unbeständigkeit durch das Erfinden einer erotischen Erzählung zu bannen, die, bis zur äußersten Gewalttätigkeit getrieben, so sadistisch und anstoßerregend wie möglich ausfallen und so etwas wie ein Friedenskuß an das Prinzip des Bösen sein sollte, wie bei Blake und Swinburne, deren auf den wundervollen Milton zurückgehender luziferischer Zauber mich immer begeistern wird. Edmond Jaloux, der etliche Jahre zuvor gestorben, nach dem Krieg aber einer meiner wenigen vertrauten Freunde* gewesen war, wußte seinerzeit von meinem Vorhaben, für das er sich interessierte, und er verbirgt sich auch hinter den Initialen E. J. der Widmung. Was die »Gesellschaft der Freunde Aubrey Beardsleys« angeht, von der darunter die Rede ist und die heute zahllose Mitglieder hätte, so bestand sie damals, glaube ich, nur aus Jaloux, Bellmer und mir. Der Anglais verdankt Beardsley viel, dessen Grab auf dem Friedhof von Menton ich während des Krieges ab und zu aufsuchte, um auf ihm eine Rose niederzulegen . . .

Der Titel, der auf der ersten Seite des Manuskripts steht und der einfach der Name des Helden, Montcul, ist, war in meiner Vorstellung stets nur ein vorläufiger Arbeitstitel, weil er viel zu derb war – eine Derbheit, deren im Verlauf des Textes absichtlich oft wiederholter Knalleffekt wie ein Augenzwinkern an den Leser ist, damit er das, was er da liest, nicht allzu ernst nimmt, eine Derbheit, die mir aber mit ihrer vulgären Provokation nicht erträglich gewesen wäre, wenn ich jenen Titel außen auf dem Einband hätte erscheinen lassen, kommt es doch, wie eine der wenigen liebenswerten Figuren der Erzählung, die hübsche Viola, sich sinngemäß ausdrückt, ganz darauf an, wie man ins Fettnäpfchen tritt! Der Titel, der dann an seine Stelle getreten ist und der Liebhaber des gängigen Pornos nicht sehr ansprechen dürfte[1] – worüber sich der erste Verleger auch prompt beklagte –, ist, denke ich, aus den Gesprächen in der Surrealistengruppe heraus entstanden, in der man sich zu dieser Zeit, da ich emsig ihre Versammlungen besuchte, lebhaft für die Alchemie interessierte. Man hört aus diesem Titel so etwas wie ein Echo des Namens der surrealistischen Galerie, A l'Etoile scellée (Zum versiegelten Stern), dessen Taufpate André Breton gewesen war, und obwohl es dem Verfasser nicht zusteht, sich zu dieser Frage zu äußern, glaube ich, daß der Anglais gerade mit seiner furiosen Gerafftheit aus vielerlei Gründen eines der wenigen Beispiele für einen surrealistischen Roman ist, die sich heute anführen lassen. Als ich dem Meeresbergfried von Gamehuche, dem Schauplatz des verbrecherischen Spiels meines Helden, eine Art Siegel aufdrückte, dachte ich natürlich an die ganz und gar unerbittliche Art und Weise, mit welcher der Sade'sche Athanor des Schlosses Silling in einem Hochtal des Schwarzwalds versiegelt wird. Als wir unlängst Pasolinis Film Salò[2] sahen, welcher der Hauptgrund dafür ist, daß wir diesen Kinopoeten so

1. *L'Anglais décrit dans le château fermé*, zu deutsch etwa: »Der in der abgeschlossenen Burg beschriebene Engländer« *(Anm. d. Übers.)*

2. *Salò o le 120 giornate di Sodoma*, 1975 *(Anm. d. Übers.)*

lieben und bewundern, glaubte ich zu verstehen, daß Pasolini mit dem Anglais, *den man einige Jahre zuvor ins Italienische übersetzt hatte, nicht minder vertraut war wie mit den* Cent vingt journées ...[1] *Und ich habe mich über diese Art heimlichen Einverständnisses gefreut.*

Jean Paulhan, der das Manuskript, noch unter seinem vorläufigen Titel, als erster las und dem ich einige kritische Anmerkungen zum Stil verdanke, denen ich auch Rechnung trug, hätte es gern gesehen, wenn das Buch in einer speziellen, wenn nicht gar geheimen Reihe bei Gallimard verlegt worden wäre, in der später auch die Histoire d'O[2] *erscheinen sollte. Dazu war es wohl noch zu früh, und so gedieh diese ideale Reihe, deren alleiniger Herausgeber Paulhan selbst geworden wäre, nicht über den Projektstatus hinaus. Wenigstens was den* Anglais *angeht, ist Paulhans Wunsch also heute erfüllt, was mir die vorliegende Ausgabe, zu der ich mich mit meinem richtigen Namen bekenne – nicht ohne Stolz, wie ich zugebe – und die in dem Augenblick herauskommt, da ich gerade sechzig geworden bin, vollauf zu rechtfertigen scheint, denn ich*

1. *Les cent vingt journées de Sodome ou l'école du libertinage* (1782–85) von Sade *(Anm. d. Übers.)*

2. *Histoire d'O*, 1954, von Pauline Réage, Vorwort von Jean Paulhan *(Anm. d. Übers.)*

habe noch nie eine Mischung aus Klugheit und Neugierde erlebt, die mit dem zu vergleichen wäre, was im Kopf dieses Mannes vorging, für den ich eine Art Verehrung empfand, selbst wenn ich mit ihm einmal nicht einer Meinung war . . . Der Drucklegungsvermerk der ersten Ausgabe, die wie die beiden folgenden unter dem Pseudonym Pierre Morion (Bezeichnung für einen Helm, einen Edelstein und einen Käfer; ferner ein Ausdruck für mißgestaltete Menschen mit Buckel, langen Ohren und lächerlicher Physiognomie, denen man bei den antiken Festmählern Zutritt gewährte, um die Gäste zu erheitern) veröffentlicht wurde, trägt das Datum des 2. Juni 1953, des Tages, an dem die jetzige englische Königin gekrönt wurde. Mir erschien es höflich, wenigstens ein klein wenig zu den zu Ehren dieser Dame stattfindenden Feierlichkeiten beizutragen, und so fand ich es schade, daß der Verleger es aus Vorsicht ablehnte, unter den Drucklegungsvermerk die Worte Coronation Day *zu setzen, so wie ich es vorgeschlagen hatte. Die zweite, wie bereits die erste incognito, aber bei einem anderen Verleger veröffentlichte Ausgabe ist unter ihrem Schottenmustereinband ein photomechanischer Nachdruck des ersten Textes. Die dritte ist die in »L'Or du temps« erschienene, die eine größere Verbreitung fand, bevor sie verboten wurde. Ich darf hinzufügen, daß der* Anglais *Hans Bellmer zu einer Serie von sieben Diamantnadelradierungen angeregt hat, die zu den schönsten zählen, die man von diesem großen Künstler kennt, und die eigentlich eine Luxusedition der ersten Ausgabe illustrieren sollten. Leider konnte dieses Projekt, über das sich Bellmer, während er an seinen Kupferplatten arbeitete, in vielen Briefen an mich geäußert hat, nicht realisiert werden, weil er damals von einer breiteren Öffentlichkeit gar nicht wahrgenommen wurde. Fast fünfzehn Jahre später, 1967, wurden diese Radierungen mit einem Text Bellmers bei Georges Visat publiziert. Leicht wird man auf ihnen verschiedene Figuren und Szenen aus* L'Anglais décrit dans le château fermé *erkennen.*

Wie man sich wohl denken kann, teilte ich mit Hans Bellmer verschiedene Neigungen, nicht nur diejenige, daß wir gern große Krabben aßen (aber Hans bevorzugte Taschenkrebse, während ich nichts so sehr mag wie die Meeresspinne, auch Maya-Krabbe und in Venedig granceola *genannt): Krustentiere, deren Verzehr ebenso viel oder gar mehr mit anatomischem Zerlegen, mit Sezieren und mit Zerstückeln zu tun hat wie mit harmloser Gastronomie, was Bellmer zufolge ihre Aufnahme in die Liste der Sade'schen Spei-*

sen rechtfertigt. Ist über den Seiten des Anglais *nicht ein Geschmack wie nach Krabben spürbar? Wenn ich diese Frage bejahe, so hoffe ich eingedenk einer Lust an der Schlemmerei, die bei Bellmer oft ans Perverse grenzte, mich nicht zu irren. Was Aubrey Beardsley betrifft, der heute im gleichen Maße anerkannt wird, wie er in jenen Nachkriegsjahren, in denen uns seine Stiche begeisterten, unbekannt war, so deutet seine Gestaltungsweise, die oft darin besteht, das Perverse, wenn nicht gar das Ekelerregende durch die ein wenig widerborstige Anmut des sie beschreibenden Strichs und der sie schmückenden Spitzenmuster oder Arabesken zu adeln, so lebhaft auf die grausame Preziosität meines Freundes Bellmer, daß die beiden mir ihrer Wesensart nach untrennbar voneinander zu sein scheinen. Was mich ihm in jenen griesgrämigen Jahren noch näher brachte, war die leidenschaftliche Bewunderung und Neugierde, die wir dem lyrischen Werk und den Prosaschriften des vorhin erwähnten Swinburne entgegenbrachten, den Bellmer gern illustriert hätte. In meiner Vorstellung war der* Anglais *ein Zeugnis meiner glühenden Bewunderung, und auch für die physische Darstellung der Figur des Montcul inspirierte ich mich an einem Stich mit dem Porträt von Algernon Charles Swinburne, der mit seinen langen Locken und* seinem in der Sittenstrenge des viktorianischen Zeitalters zum Zeichen der Provokation offen getragenen Hemdkragen nicht sehr vertrauenserweckend aussah. Swinburne verdanken wir bekanntlich auch die wahrscheinlich unzutreffende, aber ergötzliche Legende von der Liaison der Königin Victoria mit dem Poeta laureatus Alfred Tennyson. Und das der Erzählung vorangestellte Rossetti-Motto, das von der sexuellen Neigung zu den Raffinements des Schmerzes (mit einem Wort: vom Sadismus) handelt, entstammt einem Essay über Swinburne.

Im übrigen besitzt der Anglais nicht mehr Realismus als eine Radierung von Hans Bellmer. Den Beweis dafür liefert, wie mir scheint, die Beschreibung von Montculs Geschlechtsorgan, dem wichtigsten Gegenstand des Romans, einem ganz und gar phantastischen Ding, das dazu angetan ist, den auf Zoten erpichten Leser abzuschrecken. »Abschrecken« (rebuter), ein Verb, das man in Nîmes sehr gern mag, gehört zu jener recht eigenartigen, persönlichen Kategorie von Jean Paulhans »Zen«, von dem ich auf meine Weise, die sich von der seinigen unterscheidet, immer wieder Gebrauch gemacht habe. Wenn der Anglais den Fehler hat – dessen ich mir bewußt bin –, übermäßig kurz zu sein, so zunächst, wie ich schon sagte, um die Liebhaber von Zoten *abzuschrecken, die in jedem erotischen Buch auf unablässig wiederholte Orgien und Torturen aus sind, Wiederholungen, die ich ein wenig ermüdend finde, selbst im Werk der Größten, selbst bei Sade, selbst in Apollinaires wundervollem Roman* Les onze mille verges[1], *der, nachdem lange Zeit gerichtlich gegen ihn vorgegangen worden war, neben den Werken Pascals, Racines und Chateaubriands, hätten die Rechtsnachfolger es nur erlaubt, seinen verdienten Platz in der Reihe »La Pléiade« hätte erhalten müssen ... Ein wenig wie das Meer, von dem sein Schauplatz, das unwirkliche, düstere Schloß, umspült wird, wechselt der* Anglais *so rasch zwischen strahlendem Himmel und schwärzestem, stürmischstem Unwetter, daß der Leser wie ein vom Sturm überraschter Sportsegler Gefahr läuft, die Orientierung zu verlieren. Muß ich hinzufügen, daß es mich nicht gereizt hätte, ein erotisches Buch zum Zeitvertreib von Sportseglern zu schreiben?*

Aber damit nicht genug, denn die von grausamer Erotik genährten und nach den Regeln der mehr oder minder klassischen Erotologie zum Ausdruck gebrachte Träumerei führt zu einer Art

1. Frz. Erstausgabe um 1907, dt. »Die elftausend Ruten«, München 1970 *(Anm. d. Übers.)*

Taumel im Erfinden, wenn nicht gar im Schreiben, das man bis hin zu einem katastrophalen Ausgang beschleunigen möchte, der im Endeffekt eine – ebenso unbewußte wie unbeabsichtigte – Rache der Moral sein könnte. Bei mir (da nun einmal vom Verfasser des Anglais die Rede ist) wie bei zahlreichen Schriftstellern protestantischer Provenienz, seien sie Franzosen (vor allem aus dem 16. Jahrhundert) oder Angelsachsen (hauptsächlich aus dem 19. Jahrhundert), ergeben, wie ich sehr wohl weiß, eine bestimmte Erotomanie und ein bestimmter Puritanismus eine eigentümliche Mischung, in der die beiden Bestandteile, die sich gegenseitig verstärken, in weniger scharfem Gegensatz zueinander stehen, als man meinen möchte. Tief im Inneren der meisten von uns, in Verliesen, die viele zugegebenermaßen unter Verschluß zu halten wissen, läßt der Sadomasochismus Freudenfeuer auflodern, welche die geistige Hochzeit von Heil und Verdammnis feiern. Genußvolles Verweilen bei sündigen Gedanken, sagten früher, nicht ohne Nachsicht, die Theologen. Im Land des Anglais jedoch spricht man noch von Jack the Ripper, und die seltsam respektvolle Fürsorge, deren sich dieser Mann seitens der britischen Polizei erfreut zu haben scheint, hat mehr als einen auf den Gedanken gebracht, er sei womöglich ein Mitglied der *königlichen Familie gewesen ... Gewiß eine unerhörte Annahme, die ganz gut zu Montculs Äußerungen gepaßt hätte. Doch lassen wir, was das angeht, den Schatten Königin Victorias in Frieden ruhen und begnügen wir uns mit der Feststellung der ganz eindeutigen Tatsache, daß der englische Bauchaufschlitzer ein wild gewordener Moralist und Puritaner war. Sein Pech, das auch viele andere Kriminelle hatten, die ihre gesellschaftliche oder politische Puritanerethik blutig ausgelebt haben, war es, daß er weder bildender Künstler noch Schriftsteller war.*

Ich möchte gern, daß die Schriftsteller oder Schriftstellerinnen, denen das geistige Privileg zuteil geworden ist, mit dem Schlimmsten spielen zu dürfen, hin und wieder einmal das Sicherheitsventil ihrer inneren Hölle durchbrennen lassen und zeigen, daß sie wenigstens mit Worten imstande sind, ihren Plinius oder ihre Prinzessin Borghese in das große Feuer des Vesuvs zu werfen, den unbekannte höhere Wesen vielleicht nur zu eben diesem Zweck in Aktivität gehalten haben, nachdem er die wohlriechenden Leichname von Pompejis schönen Huren in seiner Asche festgehalten hatte. Wäre Léon Bloy, der sich mit so pietät- und prachtvollen Tönen am Brand des Bazar de la Charité ergötzt hat, bereit gewesen, das Feuer selbst zu legen? Wohl zu Recht be-

gnügte er sich damit, in ihm Stoff für seine Inspiration zu finden.

Ich glaube, ich schweife nicht vom Gegenstand dieser Einleitung zu einem alten, ziemlich garstigen Buch ab, an dem ich aber zugegebenermaßen hänge und das mir der Anerkennung wert zu sein scheint, wenn ich abschließend sage, daß, falls ich in meinem Leben je Leidenschaften gehabt habe, sie nur der Liebe, der Sprache und der Freiheit galten. Obwohl es mein Wunsch war und immer noch ist, höflich und gesittet zu sein, konnte es beim Praktizieren jener drei Hauptleidenschaften nicht ohne einige freche Respektlosigkeit abgehen und kann dies auch heute und in Zukunft nicht. Ob gut oder schlecht: so ist es nun 'mal!

Diese sexuelle Neigung zum Raffinement des Schmerzes ist bei einem Menschen von gesunder Konstitution genauso natürlich wie der Hang des Kaninchenmännchens, seine Jungen zu fressen.

W. M. Rossetti *in einem Essay über Swinburne*

»Wenn Sie nach Gamehuche[1] kommen«, hatte Montcul zu mir gesagt, »erkundigen Sie sich genau nach den Zeiten von Ebbe und Flut. Der meistens überspülte Zufahrtsweg ist nur ungefähr zwei Stunden lang, zum Zeitpunkt des Niedrigwassers, befahrbar. Machen Sie's also so: Kaufen Sie sich eine Lokalzeitung, den ,Phare de Vit'[2], der samstags erscheint und für die ganze folgende Woche den Zeitpunkt von Ebbe und Flut in Saint-Quoi-de-Vit[2] bekanntgibt; wenn Sie zu den Zahlen dieses Zeitplans

1. Der Name erinnert an das Verb »gamahucher« = mit dem Mund die Genitalien eines Partners/einer Partnerin liebkosen *(Anm. d. Übers.)*.

2. deutsch etwa: »Leuchtturm von Pint« bzw. Sankt Dings von Pint *(Anm. d. Übers.)*

zwanzig Minuten hinzuaddieren, haben Sie exakt die Zeiten des Hoch- und Niedrigwassers in Gamehuche.«

Ich hatte diese Instruktionen nicht in den Wind geschlagen und wollte meiner Berechnung nach ankommen, wenn das Meer noch auf dem Rückzug war; doch der schlechte Zustand der Straßen und das Fehlen von Hinweisschildern in dieser Gegend, die zu den am dünnsten besiedelten der Bretagne gehört, hatten mich derart aufgehalten, daß die Ebbe bereits seit mehr als einer dreiviertel Stunde vorbei war, als ich am Strand eingangs des Dammwegs eintraf, über den ich zum Schloß gelangen sollte. Ich zögerte eine Weile, meinen Wagen auf dieses schmale Sträßchen zu steuern, eine Art Deich, dessen Brüstungsmauer in der Mitte bereits von den Wellen berührt wurde; aber da mich kaum zwei Kilometer vom Schloß trennten, dessen düstere, gegen den noch hellen Himmel sich abhebende Masse inmitten der Fluten zu sehen war, ließ ich den Motor wieder anspringen.

Früher muß man sich zu Fuß über die glitschigen Felsen oder bei Hochwasser mit dem Boot nach Gamehuche begeben haben. Der zementierte Fahrweg war nach meinem Dafürhalten kein halbes Jahrhundert alt, aber ich weiß, daß Leute, die sich nicht auskennen, das Alter derartiger Bauwerke gern überschätzen, die den Brechern schlecht und nur kurze Zeit standhalten. Mehr als deutlich war hier die Notwendigkeit ganz anderer Instandsetzungsarbeiten erkennbar als die unlängst vorgenommenen, deren Spuren ich unter den jungen Algen sah. Wenn die Strecke länger gewesen wäre, hätte ich mich kaum dazu beglückwünscht, sie überhaupt in Angriff genommen zu haben. Fortwährend mußte ich auf Löcher achten, die sich tief in die Fahrbahn gegraben hatten und die zu denen gehörten, die man wegen fünf oder sechs wie Eier in ihnen liegenden Kieselsteinen »Hühnernester« nennt; ferner auf von der einen Brüstungsmauer zur anderen sich hinziehende klaffende Risse, die zwischen von Muscheln überkrusteten Rändern dicht mit Meeresmoosen bewachsen waren; auf kleine Tümpel, deren Sand- oder Kiesgrund das Lenken zu einer unsicheren Sache machte; auf stellenweise aus dem Zement hervorstehende rostige Eisenstäbe, die die größte Gefahr darstellten. Die Brüstungsmauer rechts und links reichte von der Höhe her nicht über die Radnaben des Wagens hinaus; überdies war sie von Abflußlöchern durchbrochen, durch die kräftige Wasserfontänen schossen, wenn eine Welle von außen auf sie prallte. Gegen Ende der Strecke führte der Fahrweg ziemlich steil aufwärts, so daß die Räder durchdrehten; aber von dort oben sah ich, als ich den Algen und der Nässe entronnen war, den Meeresspiegel erleichtert ein gutes Stück unter mir. Ich stoppte den Wagen auf einer Plattform am Tor des Schlosses, wohin meiner Meinung nach das Wasser nicht hinaufreichen würde, außer vielleicht bei den großen Springfluten der Tagundnachtgleichen.

Sofort nachdem ich die Glocke betätigt hatte, bemerkte ich, daß ich durch ein kleines Guckloch beobachtet wurde, denn ein Schatten hatte es verdunkelt; dann wurde es wieder hell. Die Tür wurde einen Spaltbreit geöffnet und gewährte mir Aussicht auf einen Neger mit einem prachtvoll athletischen Körper, dessen nackte Beine in kurzen Hosen aus altgrünem Samt steckten und der ferner ein ebensolches Jackett mit Kupferknöpfen trug, auf denen reliefartig ein Paar Pobacken abgebildet waren.

»Du bist sicher der Freund Montculs«,

sprach diese Gestalt, die einem Jahrhundert oder einem Theater entsprungen zu sein schien, die ich nicht näher hätte bezeichnen können, mich vertraulich an. »Du kommst gerade noch rechtzeitig ...«

Er zeigte auf den Weg, den ich gefahren war. Just in diesem Augenblick stürzte mit einer großen, fröhlichen Fontäne aus Gischt und tausend Tröpfchen eine Welle über die Mole hinweg; weitere wälzten sich hinter ihr drein, und ihr hoher Rücken versprach einen ebenso prächtigen, kraftvollen Aufprall.

»Wir haben dich früher erwartet«, fuhr der Neger fort. »Möchtest du deinen Wagen in den Hof fahren?«

Und er öffnete die beiden Flügel des Tors, das über eine etliche Meter lange Rampe Zugang zum Innenhof des Schlosses gewährte, der ein wenig höher lag als die Plattform.

Ich hörte hinter mir das Geräusch der Torflügel, deren eiserne Stoßkanten sich knirschend aneinanderrieben und diesen Eingang hermetisch verschlossen. Ich drehte den Zündschlüssel um. Wie ein Herz, das zu schlagen aufhört, produzierte der Motor eine Art kurzen Schluckauf und war dann nicht mehr zu hören. Ein wenig benommen rutschte ich von meinem Sitz und ließ den Blick über die Stätte schweifen, die Montcul ausgewählt hatte, um sich von der Welt zurückzuziehen, und an der er sich mit mir verabredet hatte.

Zunächst einmal muß ich sagen, daß das Wort »Schloß«, das die paar Bauern, bei denen ich mich auf der Heide nach dem Weg erkundigt hatte, in bezug auf dieses Gebäude benutzten, sehr schlecht dessen wirklicher Eigenart entsprach. Gamehuche war eigentlich nur ein altes Fort (das häufig als Gefängnis gedient haben muß), es stammte sicherlich aus einer Zeit vor der Epoche Vaubans und wurde wahrscheinlich seit Ende der Kriege des Ersten Kaiserreichs nicht mehr als Befestigungsanlage benutzt. In welchem Umfang es in letzter Zeit umgebaut worden war, weiß ich nicht. Das Material, aus dem es errichtet war, ein blauschwarzer Granit, der viel zu hart ist, als daß ihm die beiden schwachen Seiten, die der Stein hat, nämlich Patina und Erosion, etwas anhaben könnten, ließen es insgesamt so neu erscheinen, daß es praktisch unmöglich war, dasjenige, was noch zu der ursprünglichen Anlage gehörte, von den kapriziösen Restaurierungsarbeiten zu unterscheiden, die seine neuen Besitzer ihm zugemutet hatten.

Auf den ersten Blick war es vor allem die *Anlage* des Gebäudekomplexes, die ins Auge fiel, und zwar durch die ebenso sonderbare wie strenge Geometrie, der sie gehorchte. Von außen präsentierte sich Gamehuche als ein mächtiger, niedriger und völlig fensterloser Turm; doch was man da sah, sei es vom Strand oder von einem Boot auf dem Meer aus, war immer nur die vollkommen runde, überall sich selber gleiche Umfassungsmauer. Wäre nicht die Umgebung gewesen, hätte man meinen können, die Außenseite einer Arena vor sich zu haben; aber für welche bestialischen Kämpfe hätte sie dasein und was für Menschen hätten sie füllen sollen unter diesen Nebelschwaden oder Meerwindböen inmitten einer Abgeschiedenheit aus nackten, wellengepeitschten Felsen? Innerhalb des Verteidigungsringes erhoben sich, gegen die Mauer gelehnt, ein Bergfried mit etwas abgeflacht ovalem Grundriß sowie sechs kleinere Türme, von denen zwei direkt an den Bergfried stießen, mit dem zusammen sie den Hauptwohntrakt bildeten, während zwei weitere an den

Endpunkten des parallel zur Achse dieser Gebäude verlaufenden Diameters lagen und die beiden letzten das Eingangstor flankierten. Diese beiden besaßen jeweils nur ein einziges Fenster im ersten Stockwerk, schmal und überdies vergittert, was sie von den anderen Gebäuden rings um den Innenhof unterschied, in denen große, fast die gesamte vorhandene Mauerfläche einnehmende Fensteröffnungen dem Stein nur die unbedeutende Funktion überließen, den Glasscheiben als Rahmen zu dienen. Da die Dächer all dieser Bauten im Gegensatz zum in dieser Gegend üblichen Baustil flach und so mit dem Wehrgang verbunden waren, daß sie eine Terrasse bildeten, schaute nichts über die Brüstungsmauer hinaus, es sei denn die Oberkörper der Schloßbewohner, wenn ein sonniger Tag oder ein weniger trivialer Anlaß sie dort hinauf lockten.

»Hast du Gepäck? Das müßte zum Freundesturm gebracht werden.« Der Neger brachte sich mir wieder in Erinnerung, vielleicht verärgert darüber, daß sich meine Gedanken in den Wolken, die der Wind vor sich her trieb, und im Getöse der sich brechenden Wellen verloren, die am Fuße der Befestigungsmauer gegen die Felsblöcke brandeten. Ich öffnete den Kofferraum und zog zwei Handkoffer hervor, die ich ihm übergeben wollte, aber er nahm mir nur einen ab; ohne Umstände zu machen, trug ich den zweiten selbst, weil mich diese Gleichheit zwischen Herr und Knecht, die mir mit einer gewissen Überheblichkeit in Stimme und Gestik geradezu aufgezwungen wurde, keineswegs verdroß – ganz im Gegenteil. Denn sie unterstrich die Tatsache, daß ich, als ich die Schwelle von Gamehuche überschritten hatte, in eine exzentrische, abgeschlossene Welt eingetreten war, in der andere Gesetze und Sitten herrschten als in derjenigen, aus welcher ich kam. Sie hatte indes auch prächtige Vorzüge, die ich schon recht bald kennenlernen sollte.

Ich wollte also diesem Menschen, den ich in Gedanken bereits »meinen schwarzen Bruder« nannte, gerade folgen, als plötzlich die Tür eines der mittleren Türme aufging (genauer gesagt: des rechten von der Toreinfahrt aus gesehen) und den Blick auf eine Erscheinung freigab, die mich bezauberte. Es war eine blutjunge Mulattin (später erfuhr ich, daß sie gerade erst siebzehn Jahre alt geworden war), die dank ihres

Gesichts, das im Vergleich zu ihren sonstigen körperlichen Proportionen ein wenig zu klein war, etwas entzückend Katzenhaftes oder Affenweibchenartiges hatte. Ihre Nase war ein wenig zu kurz, der Mund etwas zu groß, sehr groß auch die Augen, die rehbraun aus der glattesten, frischesten Haut hervorschauten, die man sich vorstellen kann; ihre Haare, eher lockig als kraus, fielen nur an einer Seite auf die Rundung einer schönen Schulter herab. Sie war mit einer Art Morgenrock aus korallenfarbenem, mit feuerrot eingefärbten Schwanenflaumfedern gesäumten Satin bekleidet – mit seinen weiten Ärmeln und einem Ausschnitt, der möglichst wenig Busen verdeckte, ein ziemlich louis-seizeartig wirkendes Kleidungsstück – und trug an den Füßen über weißen, mit roten Ziernähten bestickten Socken winzige, malvenfarbene Schühchen.

»Herr Freund von Montcul, guten Tag«, begrüßte sie mich. »Ich bin Viola.«

»Guten Tag, Madame Viola«, erwiderte ich.

Sie begann mit der Anmut eines Tiers, das an etwas herumknabbert, zu lachen und sagte dann:

»Nenn' mich ganz einfach Viola. Dich werde ich Balthazar nennen. Das ist ein Name, den ich mag; ich hab' ihn allen Männern gegeben, die ich in meinem Leben geliebt habe. Sie waren wie meine Brüder.«

Überrascht über dieses Echo auf meine unausgesprochenen Gedanken und keineswegs unzufrieden mit diesem verheißungsvollen Pseudonym, verbeugte ich mich. Aber ich wollte sie noch ein wenig ausfragen:

»Und Montcul, nennst du den auch Balthazar?«

»Montcul ist Montcul«, wurde mir mit einer Lebhaftigkeit geantwortet, die mir jene Details des Busens enthüllte, die ich bislang noch nicht gesehen hatte, »und die Balthazars sind die Balthazars. Kommt ganz darauf an, mit wem man's gerade zu tun hat: mit dem Wolf oder mit den Schafen. Aber zerbrich dir nicht allzu sehr den Kopf über diese Dinge, lieber Bruder Balthazar, sondern komm' lieber mit in den Freundesturm. Ich werd' es dir dort gemütlich machen.«

Sie hatte meinen Arm unter den ihren geschoben und neckte nun, durch den Stoff hindurch, mit meiner Hand vorsichtig die

Spitze ihrer Brust; und die war beileibe spitzer, als ich es bei einer Brust für möglich gehalten hätte, denn bisher hatte ich nur die Brüste weißer Frauen in der Hand gewogen. Auf diese Weise sehr angenehm beschäftigt, überquerten wir den Hof und gingen auf den zweiten mittleren Turm zu, wohin uns bereits der Neger mit meinem Koffer vorangegangen war. Die für zwei Personen zu schmale Tür trennte mich zu meinem Leidwesen von der hübschen Viola, aber als ich sie höflich vor mir über die Schwelle schob, stellte ich fest, daß ihr Arsch nicht minder gut entwickelt und straff als der Busen war. Über ein paar Stufen und zwischen den langen Bahnen zweier Wandbehänge hindurch, die wir beiseiteschieben mußten, gelangten wir in einen kreisrunden Raum, der in prächtigster Weise als Badezimmer diente.

Ein in den Fliesenboden eingebautes Wasserbecken, mehr große Brunnenschale als Badewanne, füllte die Mitte dieses Raums aus; die Mitte des Beckens wiederum war dicht über dem Wasser durch einen sehr großen Kieselstein markiert, dessen Form, die an das redende Wappen (soll ich sagen: das Waffenzeichen?) des Herrn von Gamehuche erinnern sollte, einen nicht sachkundigen Besucher überraschen mußte (genauer: er glich, obwohl wahrscheinlich von den Wellen so geformt, ganz und gar den Hinterbacken einer kolossalen Höhlen-Venus). Zwei Löcher, die man dort, wo sie hingehörten, in diesen Kiesel gebohrt hatte, ließen nach Belieben heißes oder kaltes Wasser hervorquellen; und man verlor den Boden unter den Füßen, wenn es einem einfiel, nahe dem Loch, aus dem es kalt hervorsprudelte, den Stein zu umschwimmen, während sich der Boden zur heißen Quelle hin merklich hob.

Der erste Wandbehang war aus blauer Gaze; der zweite, innere, der braun war, bestand aus jenem strapazierfähigen, mit Öl imprägnierten Gewebe, aus dem Südwester und Bootsplanen hergestellt werden. Der letztgenannte Behang bedeckte den gesamten Plafond, fiel von dort hinter drei Bänken aus rohem Kork bis auf den Fußboden herab und teilte sich vor den Fenstern, die nur von dem anderen, leichteren verhangen waren, der dem Raum zu einer Beleuchtung verhalf, die sich recht gut mit jenem bläulichen Licht vergleichen läßt, wie man es aus Meeresgrotten kennt. Hinter diesem Doppelvorhang führte eine in der Wand verankerte

Wendeltreppe hinauf in das Zimmer im ersten Stock.

Als wir dort oben angekommen waren, ohne uns in dem Badezimmer länger aufgehalten zu haben, als nötig war, um es kurz in Augenschein zu nehmen und zu bewundern, sahen wir den Neger friedlich auf dem Bett liegen.

»Gracchus«, sagte Viola, »laß uns allein. Freund Balthazar muß sich ausruhen.«

»Geht in Ordnung«, sagte der andere, »ich hab' schon verstanden. Bei dem hat's ja nicht lange gedauert, bis auch er ein Balthazar geworden ist.«

Er stand auf, nicht ohne noch ein- oder zweimal vor sich hin zu brummen, und verschwand durch die Öffnung im Fußboden. Die Mulattin verschloß das Loch, indem sie eine Falltür herunterklappte. Wir waren allein.

Der Raum war viel höher als das Badezimmer und auch geräumiger, weil man hier nicht für die Treppe und diese Art Korridor zwischen der Wand und dem wasserdichten Vorhang hatte Platz lassen müssen. Von der Decke fielen wie Katarakte zwei Bahnen Musselin, die innere weiß und die äußere hellrot, herab, die mit Hilfe eines sternförmigen Gestänges gegen die Wand gedrückt wurden; dieses Gestänge war in halber Höhe eines Mastes aus schlichtem Tannenholz angebracht, der sein anmutiges Gazedach wie den Baldachin eines kleinen Wanderserails trug. Wie in dem darunterliegenden Raum, aber mit besserer Beleuchtung als dort ließ ein großes Glasfenster reichlich Tageslicht hereinströmen, das die doppelte rot-weiße Sichtblende wie mit den Tönen der Morgenröte und mit dem Schmelz von durch Peitschenhiebe entflammten Fleisch färbte. Der Mast ragte aus der Mitte eines sehr großen, kreisrunden Betts empor (in dem, die Köpfe rings um den Schaft auf Kopfkissen gebettet und die Beine gespreizt, ohne weiteres acht Personen hätten schlafen können, notfalls sogar zehn oder zwölf); dieses Bett war mit langhaarigen Fellen, vermutlich Ziegenfellen, bedeckt, die leuchtend rot, violett und rosa gefärbt waren. Weitere Felle, aber von Schafen und mit kurzer Wolle, die lediglich von verblichenem Rosa bis Strohgelb variierten, dienten als Teppich zwischen dem Bett und einem langen, gerundeten Diwan, der sich rings um das ganze Zimmer herumzog – außer an der Stelle, wo sich die Treppenöffnung befand. Die Felle, die in Stapeln auf dem Diwan lagen – Ziegenfelle wie die auf dem Bett –, reichten farblich von einem fast schwarzen Braun bis zu Ockergelb und jenem beinahe weißen Beige, das exakt die Isabellfarbe ist. Über dem Ganzen schwebte, vermischt mit dem starken Moschusgeruch der Vliese, ein schweres, üppiges Parfüm wie in den orientalischen Souks.

Nachdem Viola die Ordnung des Diwans durch das Beiseiteräumen einiger Decken durcheinandergebracht hatte, klappte sie ein Segment der darunter befindlichen Sitzbank hoch, das als Deckel für eine tiefe Truhe diente, in der sie meine Koffer verschwinden ließ. Dann legte sie einige Kissen zurecht, damit ich es mir auf dem Bett bequem machen konnte, kniete sich vor mich hin, band mir die Schnürsenkel auf und entledigte mich meiner Socken. Sie zog meine Füße an ihr Gesicht, streifte sie mit ihren Wimpern und fuhr mir mit ihrer recht muskulösen kleinen Zunge über die Fußsohlen und zwischen die Zehen. Danach kroch sie neben mich auf unser rundes Lager (ich sah, daß sie unter ihrem Morgenrock, den sie, während sie mit meinen Füßen beschäftigt war, von oben bis unten aufgehakt hatte, bis auf die Schuhe vollkommen nackt war); behende knöpften ihre Finger mich auf, und sie gab nicht eher Ruhe, bis sie mich bis auf die kleinste Kleinigkeit ausgezogen hatte. Dann legte sie sich bäuchlings zwischen meine Beine, sah mich, ein wenig auf die Ellbogen gestützt, lachend an und ließ ihre hübschen, spitzen Brüste über meinen Körper wandern. Mein Schwanz war, um ehrlich zu sein, so hart wie ein Preßlufthammer zum Aufbrechen von Beton. Nach weiteren Liebkosungen mittels der Brüste und der Zunge, die ich mit geschlossenen Augen genoß, glitt Violas Gesicht an meinem Körper entlang wieder nach unten, und ich spürte, daß sie mich leckte. Rasch zuschnappend, ohne dabei an den Schaft zu rühren, hatte sie mit dem Mund die Eichel erhascht und bewegte sie nun mit köstlichem Rucken und Zucken hin und her; sie knabberte artig an ihr herum (will sagen: ohne den Punkt zu überschreiten, an dem die Lust dem Schmerz weicht); hin und wieder schob sie mein Glied bis hinter die Mandeln (deren Festigkeit und – nach Überwindung des Widerstands – deren weichen Druck rings um meinen Glockenschwengel ich spüren konnte) auf eine Art und Weise in ihren Schlund, die mir ganz und gar hinreißend erschien, denn es hat mich immer angeödet, wie von den Huren nur gleichsam mit spitzen Lippen geleckt zu werden.

Es dauerte nicht sehr lange, bis ich spritzte, hatte ich meine Hoden doch mehrere Tage nicht geleert. Dann krabbelte Viola über mich, und ihre Lippen – es war unser erster, unser einziger Liebeskuß – deponierten einen Teil des Seims, dessen ich mich in ihrem Mund entledigt hatte, in meinen eigenen. Wir schluckten ihn gemeinsam hinunter – ganz zeremoniell, wenn ich so sagen darf.

»Ah, mein lieber Balthazar«, sagte sie, »bringt einen das nicht einander näher als alle Worte des Himmels und der Erde? Jetzt bist du wirklich mein Bruder.«

Sie stieß einen tiefen Seufzer aus, der mir aber wie ein vermummter Rülpser vorkam, und steckte sich meinen Schwanz wieder in den Mund, um ihn von neuem zu lutschen, allen Glibber aus ihm herauszusaugen und ihn schön sauber zu lecken; und sie trocknete ihn, indem sie ihn wie eine Zigarre zwischen ihren Handtellern rollte.

»Die Fahrt hierher wird dich müde gemacht haben«, fuhr sie überaus liebenswürdig fort, als sie sah, daß ich auf ihre freundliche Absicht nicht reagierte. »Du solltest ein bißchen schlafen. Ich hole dich ab, wenn es Zeit zum Abendessen ist.«

Vielleicht hätte ich es nicht geschafft, unter das runde Laken zu schlüpfen, ohne das Bett zu zerwühlen, doch meine Freundin (was sage ich: meine gute Schwester) zog an einem Zipfel des Bettuchs und zeigte mir die Öffnung. Ich kroch behaglich hinein. Wie einen Ehrenmantel breitete sie ein paar von den flauschigsten und farbenprächtigsten Vliesen über mich, bevor sie das Zimmer verließ und ich weiß nicht wohin entschwand – denn sie hatte ihren Morgenrock keineswegs wieder zugehakt, als ich sie in das Treppenloch hinabsteigen sah.

Nun wieder allein, blieb ich regungslos liegen und wartete auf den mir verordneten Schlaf; aber der kam nicht, und so kramte ich ein wenig in meinen Erinnerungen.

Montcul war in mein Leben getreten, als ich mich gerade in Bern bei einer alten (was nicht heißen soll: betagten) Freundin aufhielt, die bei weit zurückliegenden Versteckspielen meine Partnerin gewesen war und die ich von Zeit zu Zeit noch in Anspruch nehme, weil sie kleine Brüste, die sich niemals abnutzen werden, und einen Unterleib hat, der sozusagen auf Knopfdruck einen angenehmen Geruch nach Vanille und grauer Ambra verströmt. Diese Freundin hatte ihn mir als Sir Horatio Mountarse, Erster Sekretär bei der Gesandtschaft des Vereinigten Königreichs, vorgestellt; ich kannte sie gut genug, um nicht daran zu zweifeln, daß er sie nicht gevögelt hätte, wenn er von den Frauen angewidert gewesen wäre. Doch abgesehen von dem

Vergnügen, das es einem bereitet, eine alte Liebesbeziehung wieder aufzufrischen, war der Zweck meines Aufenthalts in der Hauptstadt mit dem Bären[1] vor allem der, mir eine alte Taschenuhr reparieren zu lassen, an der ich – eine Schwäche von mir – sehr hänge; im Gehäuse dieser Uhr präsentieren sich nämlich, falls sie funktioniert, jede volle Stunde zwölf kleine mechanische Schulbuben mit heruntergelassenen Hosen einem Dorfschulmeister, der sodann die Anzahl von Ärschen sodomisiert, die der Stunde auf dem Zifferblatt entspricht. Nun hatte ich, da die Reparatur am Morgen dieses Tages fertig geworden war, die Uhr in meiner Tasche, und da gerade Teezeit war, hatte ich meiner Freundin und Sir Horatio das Schauspiel vorführen können, wie der Pauker seine fünf Nummern schiebt.

Meine Kuriosität andächtig bewundernd, hatte mich der Diplomat gefragt:

»Mögen Sie Freudenhäuser?«

»Sicher weit mehr als die Selbstbedienung von Hand oder mit irgendwelchen Hilfsmitteln. Aber gibt es denn überhaupt eine sol-

1. Dieses Tier findet sich im Wappen der Stadt Bern *(Anm. d. Übers.)*.

che Einrichtung in dieser Stadt kaltschwänziger, hinterwäldlerischer Protestanten?«

»Offiziell nicht; aber halten Sie sich den heutigen Abend für mich frei, und ich werde Sie in ein Etablissement führen, das ich des öfteren aufsuche und das durchaus seine Reize hat.«

Daraufhin hatte ich Sir Horatio in den am anderen Ufer der Aare gelegenen Kleine-Leute-Vierteln bis vor eine unscheinbare Tür am Ende einer stinkenden Gasse begleitet, wo er mit der Spitze seines Spazierstocks lange und in einem Takt, der zu kompliziert war, als daß ich ihn mir merken konnte, gegen die Türfüllung geklopft hatte. Als die Pforte geöffnet und der englische Diplomat erkannt worden war, hatte man uns in einen jener »Glücksspielställe« geführt, wie es sie in bestimmten rückständigen Kantonen der alemannischen Schweiz in großer Zahl gibt und in denen die Mädchen nicht ohne weiteres bereit sind, dem Erstbesten ihre Fotz und ihren Arsch hinzuhalten.

Ich erinnere mich an ein großes Geviert von Kuhställen, die, überwölbt von einem Dach aus dicken Balken, rings um einen geräumigen Gastraum mit weißem Holzfußboden angeordnet waren und in denen je eine Emmentaler-Kuh stand, und zwar auf einer dicken Strohschütte, die freilich schmutziger war, als man aufgrund der Rolle, die sie zu spielen hatte, erwarten konnte; in der Mitte Tische, an denen die an diesem Abend zahlreichen Gäste aus riesigen Humpen Bier in sich hineinschütteten, Humpen, die, kaum daß sie leer waren, von Serviertöchtern umgehend ersetzt wurden, die für den Berner Menschenschlag sehr repräsentativ waren. Das heißt, sie waren dickbäuchig, schwerbusig, fettärschig und stempelbeinig – im übrigen aber recht aufreizend mit ihren ungeheuer stupide dreinblickenden Gesichtern. »Ein Taler das Nümmerchen«, verkündete der Wirt und ließ einen Gegenstand von Tisch zu Tisch wandern, der mir abstoßend vorkam; es war der Rumpf einer alten Puppe, den man ausgehöhlt und mittels einer ringsherum mit Kaninchenhaaren beklebten Fotze zu einer Sparbüchse umfunktioniert hatte. In diese Ritze, in die der mit einem eingeprägten Wilhelm-Tell-Porträt versehene Silbertaler genau hineinpaßte, schoben die Nachtschwärmer ihre Barschaft. Meistens geschah daraufhin gar nichts (und der Wirt des Kuhstalls kam nicht schlecht auf seine Kosten), aber es kam auch vor, daß nach der Einführung der Münze aus dem Bauchnabel der Puppe die Fahne der Schweizerischen Eidgenossenschaft hervorschnellte, und in diesem Falle kamen sämtliche Serviertöchter stracks zu dem Gewinner gerannt, damit er sich eine von ihnen aussuchte. Seltsamerweise – für mich jedenfalls war das merkwürdig – umringten sie ihn so, daß sie ihm den Rükken zukehrten, wobei sie auf der Vorderseite überaus züchtig von oben bis unten zugeknöpft blieben, hinten aber den Rock über ihre Gesäßbacken hochschoben, die durch keinerlei Unterwäsche verhüllt wurden. Anscheinend vermag man in der alemannischen Schweiz eine Frau nur nach ihrem Arsch zu beurteilen.

Nachdem er seine Wahl getroffen hatte, nahm der Gewinner seine Siegestrophäe mit in einen der Ställe; und dort zogen manche die halbhohe Stalltür hinter sich zu, so daß während des »Schäferstündchens« nur die oberen Partien der Kuh zu sehen waren, aber die meisten ließen, um bei ihren am Tisch zurückgebliebenen Kumpanen Eindruck zu schinden, den Verschlag weit offen, zogen sich in aller Öffentlichkeit aus (wobei sie Hose oder Hemd zum Spaß oft an die Hörner hängten), entkleideten auch die Dienstmagd und besprangen sie dann vor aller Augen unter dem Bauch des Hornviehs, das dabei übrigens ganz friedlich blieb, war es doch an derlei Dinge seit langem gewöhnt.

Sir Horatio und ich versuchten mehr als einmal unser Glück, und ich war schließlich der erste, dem die Aufpflanzung der Flagge mit dem weißen Kreuz beschieden war. Meine Wahl, die von den Zechern lautstark verspottet wurde, fiel auf die noch am wenigsten Üppige unter den anwesenden Weibsbildern, ein ausgesprochen schönes Mädchen, jedenfalls wenn man nicht nur auf die Formen sah, das aber wie seine Mitschwestern ein so speckiges Fell hatte, daß ich eher eine Schweineschwarte als die Haut einer Frau zu befingern glaubte. Als sie und ich ausgezogen waren, schloß ich die Stalltür nicht, da ich dachte, daß sich Sir Horatio, wenn er mich schon zu einer so ergötzlichen Ferkelei geschleppt hatte, das Schauspiel meiner Rammelei wohl kaum entgehen lassen wollte. Es ist schon ein merkwürdiges Gefühl, splitternackt, wenn auch mit einer wirklich schönen Frau, auf einer mit Kuhfladen und Urin verdreckten Strohschütte zu liegen, zwischen den Hufen einer Kuh, die einen mit einem einzigen Tritt zertrampeln oder erheblich verletzen kann. Meine Gespielin (die Litzi hieß, wie sie mir verriet) hatte mich das Gesicht fast genau unter den Arsch des Tiers legen lassen; und während Fräulein Litzi auf mir hockte und energisch ihre Kruppe einsetzte, liebkoste ich die prallen Zitzen der größeren der beiden Milcherzeugerinnen und vergnügte mich mit dem Melken einer sahnigen, warmen Flüssigkeit, die ich auf unsere traute Zweisamkeit spritzen ließ.

Sir Horatio gewann etwas später, aber *er* schloß sich sorgsam ein, und niemand bekam zu sehen, auf welche Weise er sich mit der feisten jungen Dame seiner Wahl verlustierte. Stammgäste merkten nur lauthals an, noch nie habe sich die Kuh so unruhig gebärdet. Schließlich trat der Diplomat wieder aus dem Verschlag hervor, in dem er nahezu eine dreiviertel Stunde zugebracht hatte.

»Ich zeige Ihnen meinen Pint ein andermal«, sagte er zu mir, »und wenn er mir steht, was nur selten vorkommt. Heute habe ich mich nur ein bißchen amüsiert.«

Das Mädchen triefte vor Kuhpisse. Vergebens versuchte sie, ihre langen, schwammfarbenen Haare auszuwringen, damit sie ein wenig trockneten. Sie schaute beleidigt drein, was ganz ergötzlich aussah, und ich dachte mir, daß ich reichlich blöde gewesen war, mit der Meinigen nichts Besseres anzustellen, als es mir inmitten eines leichten Milchregens auf die faule Tour besorgen zu lassen. Sir Horatio war ganz normal zugeknöpft, so als käme er eher aus einem Waschraum als aus einem Nuttenstall.

Als ich ihm draußen auf der Gasse für den trefflichen Abend dankte, lud er mich ein, im nächsten Jahr zu ihm nach Gamehuche zu kommen; er habe, wie er hinzufügte, seine diplomatische Tätigkeit aufgegeben und plane, sobald der nach seinen Vorstellungen erfolgende Umbau dieses alten Forts, das er an der bretonischen Küste erworben hatte, abgeschlossen sei, sich gänzlich dorthin zurückzuziehen, um bestimmte Studien weiterzutreiben, die ihn interessierten – und die auch mich interessieren würden, wie er anfügte, als wir uns gerade trennen wollten: dessen sei er jetzt, da er mich kenne, sicher.

Der Krieg hatte unser zweites Zusammentreffen um acht Jahre verzögert, aber wir hatten in dieser Zeit nicht aufgehört, uns zu schreiben, wenn auch in langen Abständen. Aus seinen letzten Briefen hatte ich erfahren, daß er seinen Namen geändert hatte – oder genauer: daß er ihn ins Französische übersetzt hatte –, denn fortan nannte er sich statt Sir Horatio Mountarse Monsieur de Montcul.

Der Tag begann sich zu neigen, und ich fragte mich, ob Viola mich bereits vergessen hatte, als ich plötzlich das Geräusch ihrer Schritte auf den Stufen der Wendeltreppe hörte. Sie trug die Kleidung und die Schuhe, die ich schon an ihr gesehen hatte, nur daß jene nun wieder sorgfältig in Ordnung gebracht war und daß um ihren Hals eine Kette aus dicken goldenen Fliegen hing, die an einem grünen Bändchen baumelten. Mit ihrem weich fließenden Haar, dem ganz zart in Vergißmeinnichtblau gepuderten Gesicht und den ein wenig cyclamenfarbenen Lippen fand ich sie noch hübscher als vorhin. Sie sagte, in einer halben Stunde werde zu Abend gegessen, und sie wolle jetzt mit mir hinunter ins Badezimmer, um mir beim Waschen zuzusehen, denn sie schaue Männern gern bei ihrer Toilette zu. Als wir nach manchen neckischen Spielchen, die aber nicht über den Bereich des Scherzhaften hinausgingen, wieder oben waren und ich meine Koffer öffnen wollte, erlaubte sie mir das nicht und zog aus einem anderen Fach der Diwantruhe ein Hemd mit gefältelten Volants aus dem feinsten Stoff für mich hervor, der je meine Haut berührt hat, und ferner eine Seidenunterhose, goldbraun wie der Bauch des Prachtkäfers. Darüber ließ sie mich einen Schlafrock aus rosa getöntem weißem Kaschmir mit großen Schalrevers und einer Gürtelschnur anziehen. Schwarze Strümpfe und Hausschuhe mit silbernen Schnallen komplettierten mein Abendgewand.

Wir gingen über den Hof (da es nieselte, spannte Viola, um unsere feine Kluft zu schützen, einen dieser überdimensionalen Familienregenschirme auf, wie Hotelportiers sie benutzen) und traten in das große ovale Gebäude: Wir standen in einem Speisezimmer, wo ich Sir Horatio (pardon, Monsieur de Montcul) sofort wiedererkannte. Er trug dieselbe Kleidung wie ich, außer daß bei ihm alles viel lachsfarbener war.

»Guten Abend, Montcul«, sagte die Mulattin und schob mich voran. »Hier ist er, dein Freund Balthazar. Er kriegt viel schneller einen hoch als du, und sein Saft hat einen leichten Veilchengeschmack, der mich an Stintsalat erinnert.«

»Wie ich sehe«, sagte mein Gastgeber, »haben Sie Ihre Zeit nicht vertrödelt, seit Sie hier sind. Entschuldigen Sie sich nicht; von Ihnen habe ich nichts anderes erwartet. Und gestatten Sie, daß auch ich Sie Balthazar nenne, da sich unsere kleine Viola das nun einmal in ihren hübschen Kopf gesetzt hat.«

Einen solchen Beinamen, der mir zu etlichen angenehmen Augenblicken verholfen hatte, wies ich natürlich nicht zurück. Dann fuhr Monsieur de Montcul, näher auf mich zutretend, fort:

»Ich freue mich wirklich sehr, daß Sie meine Einladung angenommen haben. Es ging darum, wenn ich mich recht entsinne, mich an einem Ort aufzusuchen, von dem ich Ihnen (im Scherz) sagte, er liege ›außerhalb der Welt‹, und dort mein Gefährte bei bestimmten Spielen und Experimenten zu sein. Gamehuche besitzt alle Eigenschaften eines solchen idealen Ortes. Das Hochwasser und die Strömungen, die nachts das

Meer rings um unsere Befestigungsanlagen aufwühlen, bei Niedrigwasser die hohen Mauern und die verriegelten Tore, die Ödnis des Hinterlands und dazu die Scheu der Leute vor der Umgebung eines verrufenen Bergfrieds – das alles genügt, um unser Schloß gänzlich von der gewöhnlichen Welt der Menschen abzuschließen und es ihren Gesetzen zu entziehen. Sie sind, seit ich hier lebe, außer mir selbst und meinen vier Schwarzen der erste, der aus freien Stücken hierhergekommen ist; ich darf sogleich hinzufügen, daß Sie und ich die einzigen sind, die auch wieder fortkönnen, wann es uns gefällt, vorausgesetzt, es ist Ebbe.

Ich habe Sie eingeladen, weil ich mich einmal davon überzeugen konnte, daß Sie ein ernsthafter Mensch sind; auch ich bin meiner Auffassung nach ein ernsthafter Mensch; Sie wissen wie ich, daß es von Leuten unseres Schlages auf der Erdoberfläche nicht gerade wimmelt. Es ist zu einem sehr großen Teil die Leichtfertigkeit und Oberflächlichkeit der Welt dort drüben, die mich dazu bewogen hat, mich hier niederzulassen und abzukapseln. Außerhalb meiner vier Wände habe ich zum Beispiel fast nie einen Ständer bekommen können. Und lohnt es überhaupt die Mühe, ihn hochzukriegen, wenn man die Sache nicht ernsthaft bis zu Ende durchziehen kann? *Ich* finde nein – um so mehr, als ich von eigenartiger Veranlagung bin, denn mich zum Spritzen zu bringen und wieder abschlaffen zu lassen, erfordert weitaus mehr Substanz und Anstrengung, als mir zu einem Steifen zu verhelfen. Wir werden hier das Spiel spielen, das Männern wie Ihnen und mir angemessen ist.

Als erstes möchte ich Sie nun mit unseren Gehilfen und dienstbaren Geistern, den Statisten des Spiels, bekanntmachen.

Außer Ihnen – von jetzt an Balthazar – und mir – nennen Sie mich kurz und bündig Montcul – gibt es nur zwei männliche Wesen im Schloß. Den Neger Gracchus, der Hausdiener ist, wenn er gerade nichts Besseres zu tun hat, kennen Sie ja bereits. Der Neger Publicola, der größer und viel kräftiger ist als er, ist ebenfalls Hausangestellter und dient mir zudem als ›Beseitiger‹. Eine heikle Aufgabe, der er sich aber mit Bravour entledigt; Sie werden später sehen, was es damit auf sich hat.

Die Männer brauchen für das, wozu Balthazar und Montcul sie benötigen, kein bestimmtes Alter zu haben, denke ich. Genau umgekehrt verhält es sich mit den weiblichen Statisten.

Ihre kleine Freundin, die junge Viola, ist vor zwölf Tagen siebzehn Jahre alt geworden. Das tiefschwarze Mädchen dort neben ihr, das lachend zu Ihnen hersieht (ich möchte wetten, die andere hat ihr von Ihrem Schwanz erzählt), heißt Candida; sie ist neunzehn und besitzt einen Körper, der zum Herrlichsten gehört, was Liebhaber von Negerinnen sich wünschen können.

Mademoiselle Edmonde da drüben zählt dreißig Lenze; sie ist das, was man ein ›Mädchen von Welt‹ zu nennen pflegt, und in besagter Welt stand sie in dem Ruf, den ›schönsten Arsch von Paris‹ ihr eigen zu nennen und sich seiner bedienen zu können. Hier bei uns haben wir sie in die Küche gesteckt, weil sie sich gut aufs Kochen versteht, nicht minder gut als auf andere Sächelchen, die sie uns fast unentbehrlich gemacht haben.

Gleich werden Sie noch Mademoiselle Luneborge von Warmdreck zu sehen bekommen, die wir, um uns keine Knoten in die Zunge zu reden, etwas weniger holprig Luna genannt haben; sie ist die Tochter eines hannoverschen Prinzen und erst seit drei oder vier Monaten über die zwanzig hinaus.

Die Kleine, die gerade hereinkommt, ist Mademoiselle Michelette, die erst dreizehn und noch Jungfrau ist.«

Die Letztgenannte sah mich ängstlich an. Als sie merkte, daß Montcul schwieg, machte sie vor ihm und vor mir einen Hofknicks nach deutscher Art, der angesichts der Art und Weise, wie sie gekleidet war, überaus rührend und zugleich äußerst lächerlich war. Das kleine Mädchen war nämlich als Bordellhure herausgeputzt. Ihre Füße stolperten in hochhackigen Schuhen umher, und ihre süßen Beine steckten in schwarzen Strümpfen, die dicht unter den Hinterbacken in Strumpfbändern endeten, die mit je einer roten Seidennelke geschmückt waren. Mühelos waren unter der ziemlich durchsichtigen Hülle eines Hemdhöschens, das aus mit bauschiger Spitze abgesetztem Crêpe de Chine bestand, die Einzelheiten ihres grazilen, noch nicht voll entwickelten Körpers zu erkennen. Um den Hals trug sie ein Band, so leuchtend rot wie die Blumen an ihren Strumpfbändern. Der Mund war dick angemalt, die Augen mittels Schminke vergrößert, die Wimpern mit Tusche verklebt, die Brauen mit dem Augenbrauenstift in die Länge gezogen, die

Haare gebleicht. Hinter ihr trat ein hochgewachsenes, dunkelhaariges Geschöpf ins Zimmer, bei dem es sich wahrscheinlich um Luneborge von Warmdreck handelte; um das junge Mädchen von uns fortzuscheuchen, schlug sie ihm mit einem sehr biegsamen Florett, das sie durch die Luft zischen ließ, fest auf die Waden. Es flossen etliche Tränen und ein paar Tropfen Blut, und an den Strümpfen waren bis ins Fleisch gehende Risse zu sehen, bei deren Anblick man Lust bekam, der Kleinen in den Nacken zu beißen oder ihr den Hals zuzudrücken.

»Warum muß dieses Schweinlein auch ständig zwischen den Füßen der anderen herumwuseln?« bemerkte Montcul, der Lunas Tun guthieß.

»Weil ihr das Fötzchen juckt. Nichts ist so ungesund wie die Jungfräulichkeit. Da drinnen bilden sich Grind und Schorf, ranziger Quark und was sonst noch für Unrat; Ungeziefer nistet sich ein und legt seine Eier ab; Kresse würde drin wachsen. Man fragt sich, ob du noch bei Verstand bist, Montcul, daß du so etwas bisher nicht angebohrt hast. Am Ende bringst du's mit deinen Jungfern noch so weit, daß wir alle die Krätze oder die Skrofeln kriegen.«

Luna sprach sehr erregt, und zu ihrer hochfahrenden Art paßte das Gewoge ihres einzigen Kleidungsstücks nicht schlecht: eines langen Schlafrocks aus Leopardenfell (oder genauer: aus dem Fell des Schneeleoparden, so wollig und fahl war sein Pelz), der keine Knöpfe oder Haken hatte und von oben bis unten offenstand, was mir die Feststellung gestattete, daß die junge Prinzessin – eine nicht sehr häufige Eigentümlichkeit, selbst bei adligen Mädchen nicht – Fotzenhaare von exakt der gleichen, zwischen nußbraun und dem Braun welken Laubs liegenden Farbe hatte wie ihre Kopfhaare oder die ihrer Augenbrauen. Ihre Beine waren nackt, und die ebenfalls nackten Füße steckten in goldglänzenden Sandalen. Die Zehen- wie die Fingernägel waren perlmuttfarben lakkiert.

»Wir wollen gerecht sein«, sagte sie. »Ich gebe durchaus zu, daß die kleine Hure von meinem Unterricht profitiert hat. Ihr Knicks war sehr gut. Mein verstorbener Onkel, der es sehr genau nahm, hätte daran nichts auszusetzen gehabt. Zur Belohnung werden wir sie heute abend essen lassen, solange es ihr schmeckt, und mit Montculs Erlaubnis soll sie sogar trinken dürfen.«

Sie verabreichte dem Mädchen eine schallende Backpfeife dicht neben den Mundwinkel. Wir setzten uns geräuschvoll zu Tisch, und während unser Gastgeber Michelette die erbetene Gunst gewährte, machten sich die Neger an Edmondes Arsch zu schaffen.

Das Speisezimmer, in dem wir uns befanden, war kreisrund. Rings um uns erhoben sich unter einem Plafond aus goldbraunem Holz Säulen aus ich weiß nicht welchem Stein, der aber glatt und gleichsam fleischig war und rosa getöntem Wachs ähnelte – Säulen, die dicht unter der Decke in dicken Kugeln endeten, aber so, daß jene *nicht auf den Säulen auflag*. Für die Beleuchtung sorgten nur Wachslichter und Kerzen, die aus einem Wachs bestanden, das so hellrot war wie der Stein der Säulen, und die aus großen und kleinen Leuchtern emporwuchsen, die alle mit von Kälbern geleckten oder von Eseln gevögelten Mädchen dekoriert waren. Die Wand war mit einem *wehenden* Behang aus sehr schwerer, roussillon-weinfarbener Seide bespannt, den warme Luft, die darunterliegenden Heizungsschächten entströmte, mit eigenartigem Schimmern unablässig in eine sanfte Wellenbewegung versetzte. Zwischen dieser Wand und der Säulenreihe befand sich eine Art umlaufender Galerie, wo stapelweise Tierfelle, vor allem von Bären und Tigern, lagen, die so etwas wie Sitzgelegenheiten, wie Bettstellen, wie Podien aus Haar bildeten. Der Fußboden in der Mitte des Raums war nackt und bestand aus Eben- oder einem anderen Holz, das schwarz gestrichen und gebohnert war; in diesen Boden waren silberne Ringe eingelassen, und es standen und lagen allerlei Gegenstände herum, die vorwiegend aus diesem Metall bestanden: Hocker, Waschschüsseln und Kelche, aber auch Peitschen, Säbel und Halsbänder für große Hunde. Drei Kanapees standen rings um den Tisch (ein viertes, genauso aussehendes war in der Galerie geblieben): gebogene, dreisitzige Kanapees, die auf einen mit kleinen Rollen versehenen Rahmen aus Silber montiert waren und auf denen Polster und Kissen aus topasfarbenem Satin lagen. Der Tisch selbst, ein mit viel Muschelwerk verziertes, kolossales Möbel mit nur einem Fuß, bestand ebenfalls aus Silber und hatte eine wannenartig vertiefte Tischplatte, auf die durch besagten Fuß hindurch warmes Wasser strömte, um sie auf die Temperatur des menschlichen Körpers zu erwärmen. Keine Tischdecke, keine Servietten. Zwischen den Schüsseln, Karaffen, Tellern und Gedecken erfreuten eine fein gearbeitete große Fickszene und kleine obszöne Darstellungen das Auge.

»Wenn du dir den Mund abwischen mußt«, sagte Viola zu mir, »dann nimm einfach meine Haare oder die von Candida. Wir machen es mit deinen Haaren genauso.«

Die Negerin und die Mulattin hatten mich nämlich eigenmächtig zwischen sich plaziert. Montcul thronte auf dem Nachbarkanapee zwischen Luna und der kleinen Michelette. Die Neger Gracchus und Publicola flankierten Edmonde, aber diese drei liefen ständig zwischen Speisezimmer und Küche hin und her, um für Essensnachschub zu sorgen, so daß ihr Kanapee selten ganz besetzt war.

Als Vorsuppe bekamen wir zunächst eine große Schüssel »eisgekühlte Fischmilch unter dem Priap«: das heißt, diese Milch wurde in dem silbernen Becken mit rotem Paprika, geriebenem Ingwer, Safran, Staubzucker und einem unbekannten blauen Pulver bestreut, die zusammen phantastische bunte Schlieren auf ihrer Oberfläche entstehen ließen, und über diesem zitternden Regenbogen ließ man einen mächtigen, aus einem Eisblock herausgehauenen Phallus mit riesigen Hoden auftragen, über denen er fast senkrecht emporstrebte wie ein Flakgeschütz auf seiner Feldlafette. Man gratulierte Edmonde zu diesem Monstrum, denn es war ihren Händen entsprungen; doch dann entwickelten sich die Glückwünsche zu einem Gerangel über die (von Luna geäußerte) Ansicht, das Kind müsse seine Mutter sodomisieren und man solle das Meisterwerk der Künstlerin in den Arsch schieben und so lange darin stekken lassen, bis es vollständig geschmolzen sei. Dieser Einfall gefiel den Anwesenden recht gut, da man jedoch die Köchin benötigte und die nachfolgenden Gerichte ohne sie womöglich angebrannt wären, verfügte Montcul einen Aufschub und befahl, den dicken Stößel bis nach dem Essen in den Kühlschrank zu stellen, damit er seine majestätischen Ausmaße bewahrte. So geschah es auch.

Durch meine Anreise oder vielleicht auch durch das galante Intermezzo mit Viola hungrig geworden, hatte ich von der Fischmilch gleich vier Portionen genossen. Viola hingegen zog die Nase kraus, was ihr übrigens nicht schlecht zu Gesicht stand.

»Schmeckt gut«, sagte ich. »Magst du so etwas nicht?«

»Fischglibber, bäh, und dazu auch noch kalt! Das überlasse ich lieber Edmonde, die eine Zierpuppe ist. *Ich* bin scharf auf Männerseim! Du gibst mir doch noch welchen, nicht wahr, lieber Balthazar?«

Ich versicherte ihr, bei entsprechender Gelegenheit würde ich ihn ihr nicht vorenthalten, und schob behutsam ihre Hand beiseite, die sich unter dem Tisch an mir zu schaffen machte.

»Liebe Lutscherin«, rief Montcul dazwischen, den das Trinken ein wenig echauffiert hatte, »entzückende Bläserin, reizende kleine Schwanzschluckerin, dir wird es an Ficksaft nie fehlen. Ich werde dir so viele Männer zum Ausmelken geben, wie du magst, und sollte dein Durst die Eier sämtlicher Mannsbilder des Kantons leertrinken, das ganze Land zeugungsunfähig machen, alle Huren und sämtliche Eheweiber der Provinz austrocknen ... Aber mir scheint, da kommt ein Duft, der mir nicht unbekannt ist. Aha, unser Leibgericht: *›Leckerbissen aus Scheiße à la parisienne‹*. Nehmt eure Gläser, und möge ein sehr alter Château-Châlons sie füllen, ein

Tropfen, der so beseligt, daß man ihn mit keiner anderen Speise trinken darf. Ich esse nie Scheiße, wenn ich zuvor nicht einen Toast auf Frankreich ausgebracht habe. Es lebe Frankreich!«

Er trank, und wir folgten seinem Beispiel.

»Die Franzosen sind Diebe, die sich überall die Erfindungen anderer zusammengestohlen haben«, protestierte Luna. »Scheiße zu fressen, ist deutsch. Vor dem Krieg wurde einem in jedem guten Berliner Restaurant Kacke serviert.«

»Ja, Vogelkacke, genauer gesagt Butterbrote mit Schnepfenscheiße: ich gebe zu, daß es so etwas auf der Speisekarte bestimmter ‚Weinrestaurants' gegeben hat, aber eine schöne Schüssel Menschenscheiße ist etwas so Französisches wie Béchamelsoße, Madame de Sévigné, die Ehrenlegion oder die Konzertagentur Mayol. Ich sage das ganz unvoreingenommen, ich, der ich Engländer bin und dessen Landsleuten nichts über geröstete Schaben geht. Was aber nun Negerinnenkot angeht und dazu in so appetitlichen Krüstchen aufgetragen, so müßt ihr zugeben, daß man sich schon nach Gamehuche bemühen muß, um solches zu kosten. Es lebe Frankreich!«

Er trank erneut, da er sich an einem Happen verschluckt hatte, während die junge Candida ihn sittsam lächelnd ansah.

Die Scheiße schmeckte vorzüglich. Ich aß davon nicht weniger, als ich von dem Seehechtsamen verzehrt hatte; ich hätte sogar noch mehr gegessen, wenn die Neger sie nicht hinausgetragen hätten. Der nächste Gang waren farcierte Vulven, die angeblich von jungen Kühen stammten und getreu den Gesetzen der Schlemmerei mit den schmackhaftesten Zutaten der Welt gefüllt waren. Sehr weiß und so prall wie kleine Schlauchboote, schwammen sie in einer Knochenmarksoße. Als Beilage gab es riesige Spargel, die Edmonde uns einzeln vorlegte, wobei sie ein wenig verschämt tat. Als das alles verzehrt war, kamen die Neger mit zwei Schüsseln Seevögelgehirn aus der Küche, das mir auf den ersten Blick wegen der merkwürdigen Art, wie es angerichtet war, ein wenig Angst einjagte; denn jedes einzelne Gehirn, etwa hasel- bis walnußgroß, war auf einen Schnabel gespießt, und man nahm den (gründlich gereinigten) kleinen Schädel des Vogels in die Hand und führte den inwendig noch ein wenig rohen Bissen zum Mund.

»So essen Sie doch«, sagte Montcul, dem mein Mißtrauen nicht paßte. »Nichts ist so reich an Phosphor.«

Trotzdem befolgte ich seinen Rat nicht. Die kleinen Gehirne hatten einen Nachgeschmack wie von Fischöl, der mir zuwider war, und zudem dachte ich daran – nicht ohne bei der Vorstellung eines so ausgiebigen Massakers ein Unbehagen zu verspüren –, daß es sicher mehrerer hundert Mantel- und Silbermöwen bedurft hatte, damit es für die beiden Schüsseln reichte. Man wird sich fragen, wieso ich nicht daran gedacht hatte, daß gewissermaßen eine Hekatombe nötig gewesen war, um die Schüssel mit den Vulven zu füllen. Das lag wohl einfach daran, daß die Vulven sehr gut schmeckten, das Gehirn aber ekelhaft. Die Neger freilich waren auf letzteres versessener als auf irgend etwas anderes. Sie ließen weder in der einen noch in der anderen Schüssel einen einzigen Bissen zurück.

Als man die Schädel abgeräumt hatte, fuhr sich Viola in einer Weise mit der Zunge über die Lippen, daß es mir die Hoden zusammenzog, und sagte zu mir, nun käme das Dessert. Ich dachte dabei an Obst oder Kuchen, als ich aber sah, wie Gracchus und

Publicola unter der Last einer sehr großen Schüssel hereinwankten, die von Hummern, Langusten, Krebsen und Garnelen geradezu überquoll, fragte ich mich, ob ich, ohne es zu merken, zuviel getrunken hatte oder ob fromme Wahnvorstellungen mich heimsuchten. Nicht ohne Gefahr zu laufen, sie fallenzulassen (vielleicht war das nur Theater, aber wir fielen darauf herein), stellten die beiden Neger sie schließlich auf den Tisch; nichts hätte die lauwarmen, silbernen Muschelwerkfelsen auf so barocke Weise krönen können wie diese monströse, allenthalben von Scheren, Höckern, Fühlern und Stacheln starrende Pyramide. Das größte Wunder bestand aber darin, daß die Köchin im Inneren all dieser Krustentiere das salzige Fleisch durch Süßigkeiten ersetzt hatte, und als wir die Panzer aufbrachen oder zerbröselten, stießen wir auf bayerische Cremespeise, Zitronat- und Rosenkonfitüre, Maquis-Honig, Maronenmus, Nuß-, Vanille- und Schokoladenbutter, Fondants mit Mandel- oder Mokkageschmack, Pistazienmarzipan und Blütenzucker. So trat zu dem Überraschungseffekt und der Lust am Zerstören der Gaumenkitzel. Im Handumdrehen (aber in dieser Zeitspanne hatte ich mir den Inhalt eines kleinen Hummers, eines Taschenkrebses, zweier Samtkrabben und einer Handvoll Garnelen einverleibt) war die Schüssel so gut wie leer. Wir sprachen nur, um uns wie bei bestimmten Spielen mitzuteilen, was wir jeweils abbekommen hatten. Eine regelrechte Freßorgie – bis uns die Stimme unseres Gastgebers an andere Realitäten erinnerte.

»Edmonde«, ließ er sich vernehmen, »wenn ich du wäre, würde ich mich nicht so vollstopfen und lieber ein bißchen an meinen Arsch denken. Du magst noch so oft mit dem Brunzrüssel Caligulas und all den anderen Fudraspeln konfrontiert worden sein, die je in diesem Schloß ihr Unwesen getrieben haben, es wird, wie du weißt, kein Zuckerlecken werden, von hinten den großen Eisstößel verabreicht zu bekommen. Es hat schon Gedärme gegeben, die von weniger als so einem Ding durchlöchert worden sind.«

»Hab' Mitleid, ich bitte dich!« flehte die Betroffene. »Bestrafe mich auf andere Weise, wenn du meinst, ich müsse unbedingt bestraft werden. Befiehl, daß ich von allen gearschfickt werde, die hier sind, sogar von den Frauen, die dabei deine grauslichen Godemichés benutzen können. Laß mich auspeitschen. Hol' den Hund. Was immer du willst, bloß diesen Eiszapfen nicht.«

»Mitleid gibt's nicht. Holt auf der Stelle den großen Schwengel.«

Und zu mir sagte er, während der zum Kühlschrank abkommandierte Gracchus aufstand:

»Sie, mein liebster Balthazar, werden der Ausführende sein. Ihnen gebührt die Hauptrolle, da es Ihr erster Abend in Gamehuche ist. Schonen Sie diese Hure nur ja nicht, damit würden Sie mir keinen Gefallen tun. Ich habe vorhin etwas übertrieben, als ich sagte, Edmonde sei uns nahezu unentbehrlich. Es gibt niemanden hier, der nicht von heute auf morgen ersetzt werden könnte, wenn unser Vergnügen es verlangte; und wenn das dralle Mädchen da durch Sie krepieren würde: glauben Sie mir, ich wäre entzückt, Ihnen diesen Spaß verschafft zu haben.«

Das war ein sehr liebenswürdiges Angebot, und ich hätte mich gern ebenso liebenswürdig dafür bedankt, doch da kam Gracchus schon mit dem Tier aus Eis zurück; Freudenrufe schnitten mir das Wort ab, als man das Gerät weich auf dem Gold eines Robbenfells liegen sah, in eine Art lange Wanne gebettet, die wiederum in einer großen, mit zerstoßenem Eis gefüllten Schale lag, um jedwedes unerwünschte Schrumpfen während der Vorbereitungen zu verhindern. Mit Wollhandschuhen an den Fäusten packte ich das Instrument bei den Eiern und wog es in der Hand; es lag darin wie einer dieser schweren Colts, die ihre Kugel ebenso zielsicher in das Auge eines Alligators feuern wie ein Karabiner. Da Viola mir ein kleines Bandmaß zusteckte, das sie zu einem (wie ich vermute) frechen Zweck in ihrem kurzen Strumpf aufbewahrte, hatte ich Gelegenheit, meine Waffe auszumessen, bevor ich sie wieder kaltstellte: Neununddreißig Zentimeter Länge, vierundzwanzig Zentimeter Umfang in der Mitte des Schafts und fünfundzwanzig Zentimeter an der dicksten Stelle der Eichel ergaben ein wahrlich furchterregendes Kaliber[1]. Unterdessen ging Edmonde, die sich in ihr Schicksal ergab, da ihre Tränen ihr nichts genützt hatten, zwecks Vorbereitung des Opfers in die Hände der Neger über.

1. Die Natur hat noch Besseres zustande gebracht, und im Museum für pathologische Anatomie der Universität Straßburg kann man ein 42 cm langes Glied bestaunen, das einst einem Tambourmajor der napoleonischen Armeen zur Zierde gereicht hat.

Edmonde war ein sehr gutaussehendes Mädchen, obgleich ihre Schönheit schon ein wenig reif war: kastanienbraunes, beinahe schwarzes Haar, goldbraune Augen, eine sehr matte Haut, die Oberlippe von einem leichten Flaum verdunkelt, die Gesichtszüge und alles übrige klassisch, der Arsch absolut überwältigend. Sie trug eine Art langes, malvenfarbenes Hemd, das unter den Armen weit ausgeschnitten war, damit die Brust und die Achselhöhlen sozusagen zu öffentlichen Angelegenheiten wurden; an den Beinen (Michelette war in unserem Serail die einzige, die lange Strümpfe trug) hatte sie grüne Socken mit großen, rostfarbenen Schwertlilien. Das alles wurde mir zu Ehren auf eines der Kanapees plaziert, dessen Rücken- und Armlehnen man heruntergeklappt hatte, um es in eine Art Liegebank zu verwandeln, und an die vier Beine dieses Möbels band man mit festen Knoten die Handgelenke und Knöchel der Frau; ein zusätzliches, unter ihren Bauch geschobenes Kissen zwang sie, mir frontal ihren Arsch zu präsentieren, wogegen sich zu sperren ihr freilich auch so schwergefallen wäre.

Da es nun an mir war, in Aktion zu treten, drückten sie mir ein Messer in die

Hand; damit schnitt ich von unten bis hinauf zur Taille das Hemd auf und riß es dann rechts und links ein, um den Arsch vollständig freizulegen. Er war hinreißend. Seine Form hatte ich zwar schon bemerkt, aber vom Gesicht, von den Schultern oder von den Armen her deutete nichts auf die Pracht und das schimmernde Weiß dieses Hinterns hin, dessen doppelte Kuppel sich wie zwei große Zuckerkugeln unter dem Flaschenhals einer schmalen Taille majestätisch aufwölbte. Kein Fältchen, keine Unreinheit, kein Leberfleck verunzierte die herrliche Rundung, und was Glätte und Festigkeit angeht, so übertraf diese Beißherrlichkeit den reinsten Marmor, wenn er einen andererseits auch wieder an bestimmte italienische Kathedralen erinnerte. Wahrlich, das waren die strammsten Hinterbacken, die ich je zu Gesicht bekommen hatte! Zwischen ihnen hob ein tiefschwarzes Vlies, das an ein Persianerfell erinnerte, kraftvoll den Ansatz der Arschfalte hervor. Um die beiden schönen, blassen Halbkugeln ein wenig orangefarben zu tönen, versetzte ich ihnen ein paar leichte Schläge mit der flachen Hand, die auch sogleich die gewünschte Wirkung erzielten; und ich vermochte der Versuchung nicht zu widerstehen, meinen Mund auf die rosa Knospe zu drücken, die sich mir so einladend darbot.

»Tu' mir nicht zu sehr weh«, hörte ich das Mädchen mir zuraunen. »Ich werde dir auch ganz zu Willen sein, wann und wie immer du magst.«

Doch dieses Angebot war angesichts der Lage, in der sich die Anbietende befand, derart komisch, daß ich darüber nur lachen konnte. Im gleichen Augenblick drängte mich Montcul auch schon, ich solle »ihn ihr ohne Vorbereitung hineinrammen«.

Ich ergriff den großen Eisschwanz und umschloß ihn fest mit der Faust; dann drückte ich seine Spitze genau auf die Mitte des Löchleins. Sofort zog sich alles zusammen, und die Knospe, die sich für meine Lippen zart entfaltet hatte, kräuselte sich, als hätte man an einer Schnur gezogen. (Ich dachte auch an eine sich schließende Seeanemone.) Dann begannen die Hinterbacken zu zittern, und die Haut der Schenkel bekam jene rauhe Körnigkeit, die man Gänsehaut nennt. Ich versuchte einzudringen, indem ich den Stößel wie eine Bohrwinde drehte, doch die an dem Eis festklebende Haut des Anus drehte sich mit, was bewirkte, daß sich das Loch noch mehr zusammenzog. Daraufhin riß ich mein Gerät, um es von der Öffnung abzulösen, mit einem kurzen Ruck nach hinten; Edmonde stöhnte auf, und ich sah etwas Blut auf der glasartigen Eichel des Schwengels.

»Nun stoßen Sie schon zu!« rief Montcul. »Lassen Sie den großen Prügel nicht wegtauen!«

Und zu Edmonde sagte er:

»Du brauchst nur den Arsch aufzusperren, dann geht er ganz von selbst hinein.«

Da man es mir nun einmal so befahl, drückte ich diesmal mit voller Kraft auf das Gerät; die Muskelkontraktion bei der Berührung mit dem eiskalten Organ war so heftig, daß ich nichts anderes zustande brachte, als daß noch mehr Blut floß und aus dem Gewimmer laute Schmerzensschreie wurden.

»Brüll' nur, du blödes Weibsstück«, rief Montcul. »Da müssen schon ganz andere Dinge passieren, damit er mir steif wird.«

Meinem Naturell hingegen genügte es vollauf: Mein Schwanz stand kerzengerade in meiner Unterhose, und Viola liebkoste ihn, so wie man ein Frettchen streichelt. Als der Arsch sich jedoch gegen alle meine

Bemühungen sperrte und da der Klöppel bereits einen Fetzen schmutzigrosanen Gewebes fortgerissen hatte, das vermutlich aus der Darmschleimhaut stammte, nahm meine Freundin, um noch größere Qualen zu verhindern, ein Ölfläschchen vom Tisch und drückte es mir, den Protesten des Hausherrn zum Trotz, in die Hand.

Nachdem ich etwas Öl auf das Löchlein und in die Furche geträufelt hatte, wollte ich gerade meinen ebenfalls in das Gleitmittel getauchten Zeigefinger einführen. Da geschah etwas Erstaunliches: Sobald die Knospe spürte, daß sie es mit Menschenfleisch und nicht mehr mit gefrorenem Wasser zu tun haben würde, entfaltete sie sich wieder, öffnete sich wie ein Mund und schlang meinen Finger mehr in sich hinein, als daß sie seinem Druck nachgab. Ich versenkte ihn bis zu den Handknöcheln, um auch das Darminnere gut zu schmieren. Danach ließ ich das restliche Öl über den großen Kolben rinnen, hielt dann mit Daumen und Zeigefinger der einen Hand die Rose offen und stieß mit der anderen die Eichel abrupt in den Blütenkelch. Die Geschundene schrie erneut laut auf, ihr Körper zuckte auf der Liegebank hin und her, ihre

Lenden zitterten, und ich glaube, sie litt entsetzlich; ihr Anus jedenfalls war geweitet, wie es – da bin ich sicher – ein Negerphallus nur selten und die üppigste Kotwurst wohl noch nie zustande gebracht hatten, und wild krampfte sich der Schließmuskel über meinem Rammbock aus Eis zusammen. Die soeben vorgenommene Ölung ausnutzend und um zu vermeiden, daß der Stößel, wenn ich ihn nicht bewegte, wieder an der Schleimhaut haften blieb, stieß ich das Instrument unbarmherzig so lange in Edmonde hinein, bis die gefrorenen Eier an der Haut der Arschbacken kleben blieben.

»So«, sagte ich und richtete mich wieder auf. »Das wäre geschafft: Der Zyklop ist blind.«

»Sie haben gute Arbeit geleistet«, sagte Montcul. »Aber das Weibsstück kann von Glück sagcn, daß sic *Ihnen* in dic Fingcr gcfallen ist. Ich an Ihrer Stelle wäre nicht so galant mit ihr umgesprungen und hätte ihr die Gurke eher mit Essig als mit Öl angerichtet.«

Arme Edmonde! Alle Köpfe waren über deinen Arsch gebeugt. Niemand hatte sich die kleinste Einzelheit deiner Leiden entgehen lassen wollen, und während deine

Schreie in das Geröchel eines Tiers übergingen, dem man die Kehle durchschneidet, während du bei dem fürchterlichen Brennen in dir allmählich das Bewußtsein verlorst und dein Körper das kreideartig-schlaffe Aussehen frischer Leichen annahm, sahen wir zu, wie zwischen deinen Hinterbacken ein Rinnsal aus Blut und geschmolzenem Wasser herabfloß, das sich als Fleck auf dem Stoff der Liegebank ausbreitete. Mich brachte das Schauspiel dieses kleinen Todes so sehr in Wallung, daß ich mit meinem Schwanz Violas Hand beiseite schob, um mir nicht wie ein Blöder in die Unterhose zu spritzen; und ich sah die um mich herumstehenden Mädchen an und wußte nicht recht, ob ich mich in einen Arsch, einen Mund oder einer Fotz entladen sollte. Da hörte ich plötzlich ein helles Lachen, kristallklar und albern wie in einem Mädchenpensionat, wenn die Lehrerin ihre Brille zerbrochen hat. Es war Michelette, die von der Erlaubnis zu essen und zu trinken beinahe bis zur Besinnungslosigkeit Gebrauch gemacht hatte und die sich vor Freude gar nicht zu halten wußte. »Edmonde hat einen Eiszapfen im Arschloch, und sie ist weiß wie die Wand«, kreischte sie zwischen zwei Lachanfällen.

»Die Kleine ist ja recht aufgekratzt«, sagte die Deutsche. »Man hört nur noch sie.«

»Liebe Freundin«, sagte Montcul zu ihr, »Sie, die Sie eine Ausbildung in Früherziehung genossen haben, wie sie in Ihrem Land üblich ist, wüßten Sie nicht ein wirksames Mittel, wie man allzu laute Kinder dazu bringt, den Mund zu halten?«

Die Deutsche piesackte Michelette hinter dem Rücken Montculs mit einem kräftigen Floretthieb in den Nacken, dann flüsterte sie unserem Gastgeber ein paar Worte ins Ohr.

»Heiliger Eiercognac!« platzte dieser heraus. »Das ist es! Das wird der kleinen Hure schmecken. Ich werde mich nie wieder über Früherziehung lustig machen, falls Ihre Methoden von daher stammen.«

Auch er quälte Michelette, indem er ihr die Nase verdrehte, schubste die Weinende dann zu den beiden Negern und befahl, sie unverzüglich in den Aquariensalon zu bringen.

Montcul mit Luna von Warmdreck und ich selbst zwischen der Negerin und der Mulattin folgten dem Trio und ließen die schöne Edmonde in ihrer unbequemen Haltung in Ruhe ihren Eiszapfen verarbeiten; und ich hoffte, daß es Anlaß zum Vergnügen geben und daß ich Gelegenheit finden würde, irgendwie meinen Saft loszuwerden.

Im Erdgeschoß des angrenzenden Turms traten wir in einen weiteren runden Raum, ähnlich dem Badezimmer, durch das man in mein Zimmer hinaufgelangte. Dieser Raum war ringsherum voller Aquarien, die nach den Anweisungen meines Freundes, nur durch eine Reihe glatter Kiesel voneinander getrennt, in Brusthöhe an der Wand befestigt waren; hinter ihnen angebrachte Lampen verliehen dem Raum seine durch den Schirm aus grünlichem Wasser gedämpfte Beleuchtung. In den Becken tummelten sich Fische und allerlei Meeresgetier, umgeben von moosbedeckten kleinen Felsen, Muscheln und Büscheln von Algen, die in etwa eine Kulisse schufen, wie sie einem im Meer entgegentritt, wenn man mit einer Taucherbrille in die Tiefe hinabblickt; Sauerstoffbläschen stiegen in endlosen Reihen zur Wasseroberfläche empor. Genauso wie in meinem Bad befand sich in der Mitte des Raums ein kreisrundes Becken, aber in diesem hier, das mit einem Drahtgitter aus Messing abgedeckt war, standen über einem Kies- und Sandgrund nicht mehr als einige Dezimeter Wasser. In diesem Tümpel schwammen an die zwanzig Tintenfische umher, die bis auf zwei oder drei nicht größer waren als jene, die man sehr häufig aus bestimmten Felslöchern hervorzieht, wo an den Stränden der Bretagne und der Normandie bei Ebbe ein Schutzwall aus kleinen Steinen auf sie hinweist. Die größten wedelten indes mit Tentakeln, die fast so lang waren wie ein Frauenarm. Mehrere waren aus dem Becken gekrochen und hatten sich unter dem Gitter festgesaugt, von wo die junge Deutsche sie ins Wasser zurückplumpsen ließ, indem sie sie mit der Spitze ihres Floretts kitzelte.

»Nehmt das Gitter ab«, befahl sie den Negern.

Als das geschehen war, sagte sie zu Michelette, nicht ohne sie zuvor mit zwei weiteren brutalen Ohrfeigen gedemütigt zu haben:

»Sieh genau hin, kleine Rotzgöre. Du steigst jetzt in die Grube da; das wird dich lehren, zu lachen und herumzukrakeelen, wenn Erwachsene sich unterhalten. Die Kraken werden über dich herfallen, und du wirst spüren, wie sie dich beißen und dir das Blut aussaugen.«

Michelette sträubte sich wie eine Wilde, sie schrie vor Angst, wenn es ihr nicht gerade vor Schluchzen die Kehle zuschnürte, und zerrte am Arm der Deutschen, um sich loszureißen, doch Gracchus und Publicola packten sie (ich sah genau, daß sie einen Ständer hatten, und ihre großen schwarzen Hände betatschten derb die zarten Partien des kleinen Körpers), warfen sie mitten in den Tümpel und legten die Abdeckung sofort wieder an ihren Platz zurück.

Die erst vor kurzer Zeit aus dem Meer gefischten Kraken waren recht lebhaft; ich würde sogar sagen, sie waren äußerst zappelig! Zuerst hatten sie sich, als Michelette unter sie gefallen war, zu den Rändern geflüchtet, aber wir trieben sie zur Mitte des Beckens zurück. Das Gitter war viel zu niedrig, als daß das Mädchen hätte aufrecht stehen oder sich hinsetzen können, und so kugelte sie unter ihm herum wie eine Besessene, wobei sie das hauchzarte Hemdhöschen, ihr einziges Kleidungsstück, in Fetzen riß und sich bei der Berührung mit dem Metall das Gesicht, die Hände und auch an ihrem übrigen Körper die Haut aufschrammte. Durch die Bewegungen des Eindringlings in Panik versetzt, schwammen die Tintenfische mit wütenden Stößen von einem Beckenrand zum anderen; dabei spritzten sie ihre Tinte auf den Sand und ins Wasser und schlangen mit peitschenartigen Hieben ihre Tentakel um die Gliedmaßen des kleinen Opfers. Zwar sind diese Viecher nicht so gefährlich, wie manche behaupten, doch andererseits ist die Umschlingung durch ihre acht Arme und die Wirkung der Saugnäpfe, mit denen sie bewaffnet sind, durchaus unangenehm, und wenn sie ihre wie ein Sittichschnabel gebogene Mundöffnung auf die Epidermis eines Kindes drükken, ist deren Biß nicht gerade eine Wohltat.

Michelette hatte ganz offensichtlich den Kopf verloren. Sie lag rücklings in dem Pfuhl, die Haare trieben im Wasser, die Beine waren weit gespreizt, und die Knie schrammten an dem Gitter entlang und bluteten. Diese Position vollständiger Schamlosigkeit setzte sie besser (oder schlimmer) unseren Blicken aus, als wäre sie nackt gewesen, obgleich ohnehin nur hier und da noch ein Fetzen Crêpe de Chine oder Spitze ihren geschundenen, besudelten Körper bedeckte. Fünf Tintenfische, die sich auf sie gestürzt hatten, ließen nicht mehr von ihr ab, wobei sie ihre Tentakel fest auf die Haut ihrer Weichen, ihres Bauches und ihrer

Oberschenkel preßten; ein weiteres Tier, eines der größten, biß sich an ihrem Gesicht fest, wo es wie eine abscheuliche und burleske Maske wirkte. Damit erreichte dieses Gewirr aus kindlichem Fleisch und zephalopoden Mollusken inmitten einer Szenerie aus zerfetzter Seide und Spitze, aus Blut, tierischer Tinte, Sand und Salzwasser ein Ausmaß an grandioser Bestialität, in der vielleicht etwas von dem steckte, was man verschwommen als *erhaben* bezeichnet, und ich war ganz und gar außer mir. Ich packte Viola, riß ihr den Morgenrock vom Leib und warf sie rücklings auf das Drahtgitter; doch auch auf andere hatte das Schauspiel gewirkt, und ich kam gar nicht dazu, ihr meinen Glänzenden in die Fotz zu stecken.

»Bei allen Ärschen des Himmels und der Erde«, schrie der Gebieter über Gamehuche, »ich glaube, ich krieg' einen Ständer!«

Die Frauen scharten sich eiligst um ihn, und Viola, die sich, sobald sie ihn brüllen gehört hatte, ängstlich von mir löste, war nicht die letzte, die ihn seiner Kleider entledigte. Von Brüsten und Hinterbacken gerieben, mit Wimpernschlägen gekitzelt, befingert, gewichst und gelutscht, zeigte Montculs Organ bald lotrecht gen Himmel.

Es war ein sehr ansehnliches Exemplar, von der Länge her zwar nicht gerade monströs – erreichte es doch, der kenntnisreichen Viola zufolge, kaum dreiundzwanzig Zentimeter –, aber eindrucksvoll durch sein keulenartiges Profil und durch die mächtige scharlachfarbene Eichel (achtzehn Zentimeter Umfang!), die ihn krönend abschloß. Das Bemerkenswerteste jedoch war ein Hautlappen, gezackt wie der Rückenkamm bestimmter Echsen, rosafarben und violett geädert, der von der Eichel bis zum Hodensack unter diesem Bockshorn herumflatterte. Ich habe, da ich absolut kein Päderast bin und mich auch nicht allzu gern an Parties mit Gruppensex beteilige, nur wenige Männer im Zustand der Erektion gesehen und kann darum nicht mit Sicherheit sagen, ob diese prachtvolle Verzierung, deren Monsieur de Montcul sich rühmen durfte, etwas Einmaliges ist oder nicht. Ärzte, die ich später befragte, behaupteten, ja; ich will ihnen aufs Wort glauben. Im übrigen hatte mein Freund unter einem Gesicht, das so glattrasiert und ausdruckslos war wie das eines anglikanischen Geistlichen, den Körper eines rötlich-braun behaarten Bacchus.

»Nehmt das Gitter von dem Becken, schnell!« rief er. »Das kleine Luder ist so, wie es da in seinem Saft schmort, auf den Punkt gar. Ich werd' sie von vorn und von hinten löchern, und ich will verdammt sein, wenn ich diesmal keinen Ficksaft spucke.«

Man nahm das Gitter ab. Assistiert von der Deutschen und von Viola, die ihm unter die Arme griffen, hüpfte Montcul mit dem Geräusch eines Lachses, der ein Stauwehr überspringt, in den Tümpel, aus dem sich ein Regen schmutziger Spritzer über uns ergoß. Das Zappeln und Zucken der Tintenfische wurde noch heftiger, so als schwämmen sie in einem Pfuhl mit zu heißem Wasser. Wir hatten alle Hände voll zu tun, sie wieder hineinzuwerfen, als sie aus dem Bekken krochen, um sich davonzumachen. Einer saugte sich an der Ferse des Engländers fest, ein anderer an seinem Nacken, er aber riß, ohne jede Bemühung, sie zu verscheuchen, Michelette an sich, umschlang sie wutentbrannt, bearbeitete grausam ihre kleinen Brüste und die Hinterbacken und biß mit aller Kraft in den großen Tintenfisch, der wie im Krampf auf dem Gesicht des Kindes klebte. Zwei andere, kleinere Tiere, die zwischen den Schenkeln des

Mädchens hingen, versperrten den Weg zur Entjungferung; er riß sie einfach herunter, und wir sahen, wie er seine Daumen in ihre (sackartig geformten) Körper drückte, sie dann umstülpte wie einen Handschuh und ihr gesamtes Gekröse nach außen kehrte, um sich anschließend mit eben diesem Gekröse Schwanz und Eier zu reiben. Dann wandte er sich wieder seinem Opfer zu und stieß dabei ein Gebrüll aus, aus dem ich so etwas wie ein Todesurteil herauszuhören meinte, und nachdem er das Mädchen in die richtige Stellung gedreht hatte, rammte er ohne eine andere Vorbereitung als die, zu der die Innereien der Tintenfische gedient hatten, mit einem einzigen, unwiderstehlichen Stoß der Jungfrau seinen Mörser bis zu den Eiern in den Unterleib.

Michelette, plötzlich aus ihrem Dämmerzustand gerissen, brüllte noch lauter. Ich denke, daß Montcul sie mit seinem gewaltigen Kegelkopf ernstlich verletzt hatte, denn in Strömen floß Blut in das von Sepia verdunkelte Wasser; doch er fuhr erbarmungslos fort, mindestens zwölf Minuten lang die kindliche Möse zu hobeln. Als er sie, ohne abgespritzt zu haben, verließ, bot sein Glied einen furchterregenden Anblick: Von sämtlichen Spitzen des geschilderten Kamms troff blutiger Schaum, so wie man sich's bei einem Leguan vorstellen mag, der sich auf grauenerregende Weise an irgendeiner rituellen Schweinerei beteiligt hat. Er drehte das Mädchen um und bohrte ihm mit noch größerer Roheit, als er sie beim Einreißen des Häutchens an den Tag gelegt hatte, das Ärschchen auf, und grimmig hobelte er den Anus noch länger als die vordere Öffnung. Am Ende riß er, allerlei Schreie ausstoßend, den Kopf seines Opfers nach hinten, schnappte mit dem Mund erneut nach dem großen Tintenfisch, der immer noch wie eine Maske auf Michelettes Gesicht saß, und riß dem Tier, dessen Tentakel zuckten und durch die Luft peitschten wie die Strahlen einer Pyrotechnikersonne, mit den bloßen Zähnen ein Auge aus; jetzt erst entlud er sich, und diese Entladung muß überaus üppig gewesen sein, denn sie zog sich mehrere Minuten lang hin und wurde von Kontraktionen begleitet, die seinen gesamten großen Körper in Erschütterung versetzten, der anschließend erschöpft in das Wasser zurücksank.

Als er sich schwankend, wie ein indianischer Gott in seiner Todesbemalung von

Kopf bis Fuß rot und schwarz beschmiert, den Schwanz noch hart und die Haut hier und dort mit etlichen Tintenfischen bedeckt, wieder aufrichtete, sah er wirklich furchterregend und prachtvoll aus.

»So!« sagte er. »Solche Hürchen muß man mir mit Soße und ein paar Beilagen servieren. Nun begreifen Sie, weshalb ich es nie fertiggebracht habe, ihren Verlockungen außerhalb meiner vier Wände die mindeste Höflichkeit zu erweisen.«

Würdevoll zog er sich zurück, gefolgt von Candida, die er mit einem Fingerschnipsen zu sich beordert hatte. Hinter den Glasscheiben wanden sich mit langsamen Wellenbewegungen Meeraale; blaue Fische fielen über einen kranken Artgenossen her.

Mein Schwanz war seit dem Ende des Abendessens nicht abgeschlafft. Es war höchste Zeit, wie mir schien, ein bißchen an die Leerung meiner Eier zu denken. In dieser löblichen Absicht schnappte ich mir Viola, die neben mir auf dem Beckenrand saß und sich masturbierte. Was die junge Prinzessin betrifft, so wußte ich zu wenig von den Gefühlen, die sie womöglich mit dem Besitzer von Gamehuche verbanden, den ich natürlich um nichts in der Welt eifersüchtig machen wollte; außerdem gefiel mir die Mulattin besser. Doch diese, die gerade keuchend ans Ziel ihrer Bemühungen gelangte, ließ mich höflich abblitzen.

»Ich bin ganz die Deine«, sagte sie, »das weißt du ja, mein guter Bruder; aber das Kätzchen hat sich derart naß gemacht, daß es jetzt erst einmal müde ist. Doch hättest du nicht Lust, stattdessen dem hübschen Häschen da auch die letzte Jungfernschaft zu rauben? Da ist ja noch der Mund ...«

Dieser Vorschlag entsprach, wie ich kaum zu betonen brauche, ganz meinen Wünschen. Man fischte Michelette aus dem Becken, das wieder zugedeckt wurde, nachdem man vier oder fünf Tintenfische in es zurückgeworfen hatte, die dem Mädchen noch an den Beinen klebten oder die vor dem Aquarium am Boden herumkrochen. Das Kind schien sich in jenem Zustand der Entkräftung und Teilnahmslosigkeit zu befinden, der gewöhnlich auf Anfälle von Raserei folgt: Ihr verstörtes Mienenspiel, der schwachsinnige Blick, die aschfahle Gesichtsfarbe, ein fortwährendes Zittern, Sepia- und Blutflecken wie am Körper ihres Peinigers – alles an ihr, ich muß es gestehen, machte sie mir ungeheuer begehrenswert.

»Auf die Knie, du Dreckspatz!« herrschte Luna sie an, die hinsichtlich der Hierarchie der Unzucht in Gamehuche ganz offensichtlich als Zeremonienmeisterin fungierte (und während sie sprach, rieb sie sich unter ihrem Kleid). »Mach' schön den Mund auf. Und wehe dir, wenn du Monsieur Balthazar beißt oder das kleinste Tröpfchen von dem, was er dir in die Gurgel spritzt, wieder ausspuckst: dann steck' ich dich sofort wieder in die Krakengrube, und da bleibst du mutterseelenallein, bis wir morgen früh vorbeikommen und deine Knöchelchen einsammeln.«

Der Neger Publicola wurde angewiesen, sich das Mädchen für mich zwischen die Beine zu klemmen; dabei zwang er sie niederzuknien, indem er ihr die Arme auf den Rücken drehte. Als das üble Ferkel, das er war, hatte er ein strotzendes Glied, und mit kleinen Lendenbewegungen rieb er seine große Rute am Nacken des Kindes. Die Deutsche und Viola, die bestens plaziert auf dem Gitter saßen, um sich von meiner Unternehmung nur ja nichts entgehen zu lassen, kosten einander die Vulven.

Ich packte den Kopf bei den Haaren – die so albern gebleicht und, hab' ich das schon erwähnt, à la Jeanne d'Arc geschnitten waren – und begann die Operation mit einem gut gezielten Schlag auf die Augen, wozu ich mich meines Schlegels bediente, der in bezug auf Umfang und Härte dem Stab eines Marschalls von Frankreich (oder von sonstwo) in nichts nachstand. Ein solcher Samenstau herrschte sogar in dem Organ, daß ich mein Vergnügen – obwohl ich es köstlich fand – aus Furcht vor einer allzu raschen Entladung nicht übermäßig in die Länge zu ziehen wagte. In dem von den Bissen des großen Tintenfischs arg angeschwollenen Gesicht der Probandin öffnete sich in Höhe meines Gemächts ein wie angesichts der Gerätschaften eines Zahnarztes in alles sich ergebender Mund; und rosafarben lugte ein kleines Stück Zunge hervor. Da stieß ich ihn, ohne länger zu warten, brutal hinein. Oh Kelch, welch liebliche Süße! Ich bedauere nur, daß ich es nicht fertigbrachte, mich längere Zeit an dem unschuldigen Ding zu ergötzen, das ohne zu klagen (und das aus gutem Grund!) den Wedel ertrug, mit dem ich ihm so schwungvoll den Rachen fegte, daß es glatt hätte die Stimmritze zerreißen und ein für allemal den Kehlkopf ausleiern können. Leider spritzte ich beinahe sofort, das Gesichtchen an mich drückend, das sich vergeblich wegzudrehen versuchte, so heftig an den blondierten Haaren ziehend, daß ich sie büschelweise ausriß, und wie wild in die Ohren kneifend. Im gleichen Augenblick ergoß sich aus Publicolas schwarzem Rüssel ein Sturzbach von Wonnekleister über Nacken und Schultern der Kleinen. Das Sperma des großen Negers, sämig und heiß, roch fast unerträglich nach Sumpfvögeln.

»Schluck' ja alles hinunter«, sagte Luna, die sich zu uns herabbeugte und die der Finger ihrer Gespielin sicherlich zum Schleimen brachte wie eine Weinbergschnecke. »Wehe, du läßt einen Tropfen danebengehen!«

Mit einer Anstrengung, die manche als heroisch bezeichnen werden, gehorchte das Mädchen. Ich löste mich von ihr, befriedigt zwar, aber nun selber reichlich mit Sepia beschmiert.

»Ungeschickte Nutte!« schrie die Deutsche, als sie bemerkte, welche Spuren die Berührung mit dem Opfer auf meiner Kleidung hinterlassen hatte. »Wirst du es dir denn nie abgewöhnen, dich an den Leuten zu reiben, um sie schmutzig zu machen? Diesmal hat sie verdient, richtig bestraft zu werden. Los, ihr beiden, bringt sie ins

Speisezimmer und bindet sie an die Ringe für die Hundenummer.«

Erneut fielen Gracchus und Publicola über die Kleine her, die schon viel zu abgestumpft war, um noch Tränen zu vergießen. Unterdessen war Montcul zu uns zurückgekehrt, mit Candidas Hilfe gewaschen und frisch angezogen, sehr blaß gepudert, mit Parfum besprüht und säuberlich gekämmt.

»Ihr Halunken«, rief er uns anerkennend zu, »ihr habt ohne mich gefiedelt.«

Und als Fräulein von Warmdreck ihn über die erteilten Befehle in Kenntnis setzte, hieß er diese ausdrücklich gut:

»Man ist immer zu gutmütig zu den Kindern. Die Kleine hier zum Beispiel, wissen Sie, daß sie, wenn Sie, teure, unschätzbare Freundin, nicht da wären, um sie zu bestrafen, sobald sie sich danebenbenimmt, mir auf den Kopf scheißen und den Haufen anschließend von dort wegfressen würde? Was übrigens nicht heißen soll, daß mir das völlig zuwider wäre, aber alles zu seiner Zeit! Und daß wir uns jetzt Zeit nehmen, ein bißchen auf den Hund zu kommen, finde ich ganz vortrefflich. Wir haben uns dieses Vergnügen, für das ich eine Schwäche habe, schon viel zu lange versagt; ich bin sicher, daß es auch unserem Freund Balthazar gefallen wird. Also kommt, die Neger werden mit den Vorbereitungen fertig sein.«

Wir begaben uns zurück ins Speisezimmer. Dort hockte Edmonde noch in derselben Haltung, wie wir sie verlassen hatten, als wir zu den Tintenfischen gingen, und ihr Arsch prangte mit unvergleichlicher Pracht auf der Liegebank in der Mitte der Rotunde; unter dem Möbel hatte sich eine mit Blut vermischte kleine Wasserlache ausgebreitet, die das einzige Überbleibsel des prächtigen Klöppels war, den ich ihr verabreicht hatte. Die Schöne war wieder aufgelebt: Ihr rosafarbener Teint und ihre strahlenden Augen zeigten, daß sie den riesigen Phallus schadlos verkraftet hatte und notfalls oder bei erstbester Gelegenheit einen noch kolossaleren verkraften würde, solch ein Wunder an Sodomietauglichkeit war dieses reizende Mädchen. Sie lächelte mich freundlich an, als ich an ihr vorbeiging, und bat mich, die Liegebank ein wenig beiseite zu rücken, damit sie nicht versäumte, was man gleich mit Michelette anstellen würde. Ich tat ihr den Gefallen und begrüßte sie dann wie schon vorhin mit einem Zungenkuß auf ihr Arschloch, denn mir schien, das sei der *Handkuß*, der einer Person ihrer Gemütsart und in ihrer Lage angemessen war.

Die anderen hatten sich wie im Theater auf im Halbkreis aufgestellten Sitzbänken niedergelassen. Vor ihnen auf dem Boden kauerte Michelette auf allen Vieren, so als wäre sie wie die Gefährtinnen ihres Alters in irgendein Spiel vertieft, aber dann sah ich, daß sie ein sehr straff um den Nacken geschlungenes Halsband trug, ein Halsband für große Hunde mit silbernen Nägeln und Büscheln aus hartem Roßhaar; eine von diesem Halsband zu einem der in den Fußboden eingelassenen Ringe gespannte kurze Kette hinderte sie rigoros daran, sich aufzurichten. Vor dem Hintergrund aus schwarzem Dielenholz gab sie mit ihrem Körper einer frühreifen Göre, ihren beinahe weißen Haaren, ihrer überallhin verschmierten Schminke, den Hautabschürfungen und dem Schmutz, mit dem sie bedeckt war, eine deliziöse kleine Hure ab; trotz meiner noch nicht lange zurückliegenden Entladung und obwohl ich keine Ahnung hatte, was ihr bevorstand, verspürte ich bei ihrem bloßen Anblick ein starkes Kribbeln in meinen sogenannten edlen Körperteilen.

»Du sitzt im wahrsten Sinne des Wortes schön in der Tinte, du kleines Luder«, lachte

Montcul. »Weißt du, was auf dich zukommt?«

»Das weiß sie genau«, erwiderte die Deutsche. »Sie war ja beim Auftritt der Baronin Séphora mit von der Partie und hat sich dabei sehr amüsiert. Aber Gnade ihr Gott, wenn sie nicht brav auf allen Vieren bleibt und schön die Hündin mimt. Da bekäme sie's mit mir zu tun, und sie weiß, wie ungemütlich ich werden kann ...«

»Fangen wir an«, sagte der Hausherr. »Das Kind würde in dieser unbequemen Haltung ermüden, wenn wir ihm nicht ein wenig Bewegung verschafften. Publicola bringt uns jetzt Nelson und Wellington; und eine von euch anderen holt mir mein großes Pudersäckchen.«

Viola war die Flinkste und reichte ihm ein Behältnis, das sie einer der Truhen unter den Fellhaufen entnommen hatte. Als er es öffnete, um mir den Inhalt zu zeigen, sah ich ein braunes, schnupftabakähnliches Pulver.

»Pulver zum Anlocken von Hunden«, erklärte Montcul, »wie Sie es in jenen Läden kaufen können, in denen man sogenannte Scherzartikel feilbietet. Mit anderen Worten: getrocknete und zu Pulver zerstoßene Sekrete von läufigen Hündinnen. Es ist kaum zu glauben – so närrisch sind die Gesetze –, daß im Grunde recht ungefährliche Drogen wie Opium und Haschisch der strengen gesetzlichen Regelung unterliegen, die Sie ja kennen und die sie für die meisten Menschen nahezu unerschwinglich macht, während dies Mittelchen hier, das subversiver ist als ein Aufruf, Barrikaden zu bauen, überall frei verkäuflich ist. Stellen Sie sich bitte einmal den schönen Skandal vor, den Sie bekämen, wenn Sie nur ein paar Prisen von dem Zeug in zivile und militärische Aufmärsche, Staatsbegräbnisse, Fackelzüge, Besuche ausländischer Staatsoberhäupter oder große Sportveranstaltungen einschmuggeln würden ... Aber das, wovon ich da rede, gibt es schon bei Rabelais, der sehr deutlich auf die Verwendung meines ruchlosen – aber nicht geruchlosen – Mittels hingewiesen hat (nachdem er es wohl selber ausprobiert hatte). Lesen Sie einmal – oder *noch* einmal – das Kapitel zweiundzwanzig des zweiten Buches[1].

1. *Gargantua und Pantagruel*, 1532ff. Die angesprochene Episode findet sich in »Pantagruel. Erstes Buch«. Es ist Panurg, der einer schönen Frau in einer Kirche den Extrakt verabreicht: »Mehr als 600014 Hundsrüden schwänzten um die tugendhafte Schöne und taten ihr alle Schand' an ...« usw. *(Anm. d. Übers.)*

Sie werden darin die nützlichste Unterweisung über die Rolle des Hundelockpulvers bei der Verderbnis der öffentlichen Sitten finden. Aber sehen wir uns jetzt 'mal an, wie es der privaten Verderbtheit dient.«

Der Neger verkündete durch die einen Spaltbreit geöffnete Tür, die Tiere stünden bereit.

»Gut«, fuhr Montcul fort. »Laß sie noch einen Augenblick an der Leine. Ich sag' dir Bescheid, wenn das Weibchen soweit ist. Du kommst dann zuerst mit Nelson. Der andere bestreitet die zweite Runde.«

Und er erläuterte:

«Nelson vögelt die Fotze und Wellington den Arsch. Zumindest habe ich sie dazu abgerichtet, so wie ich ihnen auch ihre neuen Namen gegeben habe. Als sie hierher kamen – im Gefolge eines deutschen Offiziers, den mir das Maquis geliefert hatte und der bei Experimenten ums Leben kam, ehe ich daran dachte, mich nach den Namen seiner Tiere zu erkundigen –, waren sie zu nichts zu gebrauchen.«

Zu Viola gewandt, fügte er hinzu:

»Die Betreuung unserer kleinen Nachwuchsnutte übernimmst du. Das ist eine Arbeit, die per Gewohnheitsrecht deinen hübschen Händen gebührt. Die Hunde kennen und mögen dich, schon bei deinem bloßen Geruch geht ihnen die Rute hoch, so oft hast du sie im Rahmen deiner Obliegenheiten oder einfach aus Lust und Laune abgejuckt.«

Er gab der Mulattin das Pulver, und die beugte sich damit über Michelettes hintere Partien. Auch ich beugte mich vor, aber ohne von meinem Sitzplatz aufzustehen, um von der zusätzlichen Qual, die man der Unglücklichen zugedacht hatte, nichts zu versäumen. Meine Freundin tätschelte ihr freundlich den Hintern, so wie man es bei Ziegen macht, wenn man möchte, daß sie den Schwanz heben und das Gefäß darbieten, das die Natur in besonderem Maße für sodomitische Praktiken bestimmt hat, und sie streichelte mit der Hand über die Furche zwischen Fotz und Arschloch. Dann nahm sie sehr vorsichtig, damit nichts davon zu Boden fiel, ein wenig von dem Pulver und rieb es mit dem Finger in die blutbesudelte Fotz. Ohne sich an Michelettes leisem Stöhnen zu stören, rieb sie ihr auch ganz methodisch die Schamlippen ein und wischte sich an ihren Hinterbacken die Hand ab; dann schraubte sie die Dose wieder zu und trat, das vierbeinige Kind wieder sich selbst überlassend, zwei Schritte zurück.

»Nelson ...«, rief Montcul.

Ein Doggenmännchen der allergrößten Spezies kam auf uns zu gerannt, dessen einfarbiges Fell von jenem hellen, ziemlich schauerlichen Grau war, das mit dem Adjektiv »fahl« treffend bezeichnet wird und das genau der Farbe von Kreide entspricht, wenn sie mit etwas Unreinem vermischt ist. Die spitzen Ohren des Tiers waren aufgerichtet wie zwei gedrungene kleine Hörner; darunter die Augen mit blaßgrünen Pupillen; sie fingen an den Flammen der Kerzen Feuer wie die Augen von Katzen. Nelson blieb in der Mitte des Zimmers abrupt stehen und schnupperte, wobei ihm ein wenig Speichel aus der Schnauze tropfte, dann wurde seine Rute lang und steif, und scharlachrot fuhr die Eichel aus ihrem haarigen Futteral hervor.

»Diesen Biestern steht er verteufelt schnell«, bemerkte Montcul, kommentarfreudiger als ein Pantomime. »Dabei besitzt der da ein Gerät von einem Kaliber, um das die meisten Männer (ich meine nur die Weißen) ihn beneiden würden.«

Die kleine Gruppe, in der ich saß, strafte der Hund mit Verachtung. Von unserem Geruch oder von unserem bewegungslosen Dasitzen enttäuscht, stürmte das grimmige Tier zuerst auf Viola los, die als einzige von uns stand und die zu viel mit dem Hündinnenextrakt hantiert hatte, um nicht noch etwas von dessen Geruch an sich zu haben. Er legte seine Pfoten auf die Schultern der Mulattin (die aussah, als tanzte sie mit einem Riesen), schob sie rückwärts, ja warf sie beinahe um und begann, an der Stelle, wo seine Rute und der den Morgenrock säumende Vogelflaum sich berührten, kräftige Lendenstöße auszuteilen.

»Herunter mit dir, Nelson!« rief die unerschrockene Schöne. »Heut' abend kriegst du etwas Besseres als mich. Geh' und stoße die Kleine da, Hundchen.«

Mühelos befreite sie sich von dem knurrenden Tier und drängte es in Richtung Michelette. Sowie es die eingepuderten Stellen gewittert hatte, warf es sich über das Kind, klemmte sich seinen Oberkörper zwischen die Pfoten und hämmerte in einem derart rasenden Tempo gegen seinen Arsch, daß gewiß keiner meiner Leser, setzte man ihn einer solchen Belastungsprobe aus, selbige bestehen würde. Viola stimulierte ihn ein wenig, so wie sie es schon mit Michelettes Hintern gemacht hatte; dann packten ihre langen, schlanken Finger die mächtige Rute und führten sie an die Fotz heran, in die sie – flutsch! – mit dem ersten Stoß eindrang wie ein Löffel in den Bauch eines sehr zarten jungen Rebhuhns. Vier oder fünf Minuten lang rammelte der Hund energisch und kraftvoll, ohne aufseiten seines Reittiers eine andere Reaktion hervorzurufen als ein mehrmaliges schmerzerfülltes Aufbäumen (dabei bemerkte ich, daß ein Spiegel fehlte, der uns, an die passende Stelle gesetzt, das Gesicht und damit vielleicht auch die Gefühle der Besprungenen offenbart hätte), dann brach er unvermittelt ab und glotzte blöde vor sich hin, während sich im Zimmer ein widerlicher Geruch nach Hundehütte ausbreitete. Gracchus packte ihn am Nackenfell und riß ihn zurück. Mühsam und mit fürchterlichem Gezucke zog das Tier seinen Stachel aus dem Fleisch, während Michelette, von dem Halsband gewürgt, mit dem sie festgebunden war, tobte und schrie und aus ihrer von dem dicken Hundeprügel zerrissenen Fotz ein neuer Blutstrom hervorquoll.

»Es lebe England!« rief Montcul und trank aus einem Glas Gin, in das Prinzessin von Warmdreck zuvor hineingepinkelt hatte. »So, und jetzt, da die Marine am Ende ist, lassen wir das Heer aufmarschieren. Schickt uns unsere nationale Berühmtheit Nummer zwei.«

Das Säckchen mit dem Pulver, das Viola in Händen hielt, tat ein zweites Mal seinen Dienst; Nelson, der jämmerlich aussah und dessen Rute erschlafft war, wurde wieder an die Kette gelegt; dann sprang die Tür auf, und Wellington stürmte herein, bei dessen Anblick sich mir vor Schreck schier die Haare sträubten, denn dieses Tier, größer und viel grimmiger als sein Artgenosse, war vom Kopf bis zum Schwanz pechrabenschwarz, abgesehen von den Zähnen, die schneeweiß waren, und vom Zahnfleisch, der Zunge und der Rute, die von ein und demselben ins Bordeauxfarbene spielenden Rot waren. Schon als er ins Zimmer gerannt kam, stand ihm sein Ding knüppelhart, vielleicht aufgrund des Geruchs, den er unter der Tür hindurch gewittert hatte, oder weil er an das Zeremoniell der Hundenummer gewöhnt war. Viola gar nicht beachtend, lief er gleich auf das junge Mädchen zu und klemmte sie sich zwischen seine großen Pfoten, wie schon Nelson es getan hatte; aber er stellte sich auch nicht geschickter an als dieser, als es darum ging, allein die Stelle zu finden, wo er sein Gerät versenken sollte. Nachdem er sich eine Weile recht tolpatschig, wenn auch mit sehr viel Stoßkraft im Kolben, abgemüht hatte, half Viola auch ihm bis in den Vorhof des Tempels, in dem er sein Opfer darbringen sollte. Nicht ohne Schwierigkeiten zwängte er sich bis zu den Eiern in die Knospe; dann jedoch hämmerte er so heftig drauflos, daß er wohl sogar mit einer jener Merinoschafärsche fertig geworden wäre, von denen man in Béziers sagt, sie seien am schwersten zu knacken.

Bis er fertig war, zappelte das Kind unablässig herum und schrie wie am Spieß. Es schien, als habe sie nun völlig den Verstand verloren, doch selbst in dieser Verrücktheit gehorchte sie weiterhin den erhaltenen Befehlen und blieb wie eine Hündin auf allen Vieren. Beim Abspritzen biß ihr Wellington wahrscheinlich grausam ins Ohr. Danach fiel er, auch darin seinem Vorgänger ähnlich, in eine Art Lethargie.

Michelettes Schließmuskel hatte sich derart zusammengezogen, oder die Knolle des

Hundes hatte sich im Mastdarm der Kleinen dermaßen ausgedehnt, daß alle Bemühungen, das Ding aus dem Arsch zu ziehen, vergeblich geblieben wären, hätte man als letztes Mittel nicht einen großen Eimer kaltes Wasser herbeigeschleppt, der über das traurige Paar gekippt wurde und es so voneinander trennte. Danach schlich der eiserne Herzog zu Lord Nelson zurück.

»Das Mädchen ist wirklich zünftig entjungfert worden«, resümierte unser Gastgeber.

Niemand antwortete darauf, wir waren so leer (oder voll), daß es schien, als hätten wir uns selbst zusammen mit den Doggen verausgabt. Dann fuhr Montcul zu Gracchus und Publicola gewandt fort:

»Schafft sie weg, ihr beiden. Vergnügt euch mit ihr, wie immer ihr wollt. Aber daß sie mir vor Tagesanbruch aus dem Haus ist! Ich will nichts mehr von ihr hören und sehen.«

»Überlaß das lieber mir«, sagte Luna, die zusammen mit den Negern aufgestanden war.

Und sie folgte den beiden, die ihre brüllende Beute aus dem Zimmer schleppten. Ein merkwürdiges, halb irres und halb triumphierendes Lächeln trat auf das Gesicht der Deutschen.

»Wer ist denn diese Baronin Séphora, von der vorhin die Rede war?« fragte ich nach einer Weile, mehr um das allgemeine Schweigen zu brechen als aus Neugierde.

»Oh«, erwiderte Montcul, »das *war* eine ziemlich uninteressante Person. Halb Österreicherin, halb Polin, knapp über die fünfzig; sie war mir von den Burschen eines Maquis übergeben worden, bei denen sie aus Angst vor der deutschen Polizei Zuflucht gesucht hatte. Sie tat sehr vornehm, obwohl gar nichts dahintersteckte, faselte ein bißchen von Theosophie und behauptete, sie ernähre sich ausschließlich von rohen Eiern, Milchprodukten und Honig. Da sie angeblich auch, wie Restif, keine Tiere und erst recht keine Hunde leiden konnte, habe ich mir den Spaß erlaubt, die alte Schachtel von meinen Doggen beschälen zu lassen. Das Ulkigste an der Geschichte war, daß sie es ablehnte, sich auf alle Viere zu begeben – zwar bereit zum Martyrium, wenn es denn sein mußte, aber dabei auf ihre ›Würde als menschliches Wesen‹ bedacht; und sie wälzte sich splitternackt über den Boden, wo ihre von Zellulitis befallenen

Schenkel auf die Dielen klatschten wie nasse Gardinen. Um sie zu zwingen, die Hündin zu mimen, mußten wir ihr Hände und Füße an die vier Ringe binden, die Sie hier sehen, von dem Halsband ganz abgesehen, das bei Michelette genügt hat, und ihr ein Bündel Akazienreisig unter den Bauch schieben. Sie hätten, als sie eingerieben war, 'mal sehen sollen, wie schön sie Wellington den Arsch hinhielt. Was für eine Vögelhochzeit! Das Flittchen konnte schließlich gar nicht genug bekommen ... Aber entschuldigen Sie mich bitte, ich fühle mich plötzlich ein bißchen abgespannt. Das liegt an dieser kleinen Schlumpe, der sie jetzt gerade den Rest geben. Möchten Sie nicht – *mir* jedenfalls würde das sehr viel Spaß machen –, daß wir unser Gespräch morgen fortsetzen? Sie finden mich gegen Mittag draußen auf der Befestigungsmauer, wo wir, ehe wir zu Mittag essen, ein wenig plaudern und uns das Meer ansehen können.«

Ich nahm den Vorschlag an und wünschte meinem Gastgeber eine gute Nacht; er zog sich zurück. Wir befreiten Edmonde, die unter ihren Fesseln stöhnte, dann ging ich mit Viola und Candida auf mein Zimmer, und wir machten auf dem großen, kreisrunden Bett noch eine ausgedehnte »Spritztour«, bevor wir uns jenem wohltuenden Schlaf nach dem Beischlaf überließen, der ruhig, tief und erquickend ist und der eigentlich die Bezeichnung Schlaf des Gerechten oder Schlaf des Unschuldigen verdient.

Als ich erwachte (das erste Mal, sollte ich hinzufügen), war es schon hell, und ich befand mich allein in dem runden Zimmer. Die zerwühlten Bettlaken, auf denen nicht weit von mir große Flecken von getrocknetem Wonnekleister zu sehen waren, bewiesen recht deutlich, daß ich gewisse Schandtaten des gestrigen Abends nicht nur geträumt hatte, und ich wußte, daß mir, wenn ich hinausgegangen und wieder hereingekommen wäre, jener durchdringende Geruch den Atem verschlagen hätte, den Frauen schwarzer Hautfarbe zurücklassen, wenn sie die Nacht in einem geschlossenen Raum verbracht haben. Ich verzichtete jedoch darauf, die Probe aufs Exempel zu machen, und zog es vor, schön still in einem üblen Geruch auszuhalten, der für mich (die

Gewohnheit tat das ihrige dazu) nichts weiter war als etwas stickige Luft. Diese Luft, die Müdigkeit und mein regungsloses Daliegen waren soviel wert wie ein gut dosiertes Narkotikum: Ich machte noch ein Schläfchen.

Es konnte nicht viel Zeit verflossen sein, als ein fröhlicher Lärm mich von neuem weckte. Als ich hinsah, bemerkte ich meine schönen Freundinnen, die schiebend, ziehend und mit einiger Mühe ein Tablett von beeindruckender Größe durch das Loch für die Wendeltreppe bugsierten, ein Tablett, das sie dann wie einen Tisch auf mein Bett stellten und auf dem große, bis zum Rand mit dem Hexentrank dickflüssiger Schokolade gefüllte Tassen, eine Pyramide aus halbgar aus dem Ofen genommener Blätterteigkuchen, Kompottschüsseln voller Anchovispüree mit feinen Kräutern, mit kleingehackten Schalotten vermischtes rohes Hackfleisch sowie Akazien-, Kapuzinerkresse- und Veilchenblütenkonfitüren standen. Unter dem Vorwand, daß wir wieder zu Kräften kommen müßten, suchten wir uns an Freßgier gegenseitig zu überbieten; ich erinnere mich noch, wie meine Freundinnen beinahe vor Lachen erstickt wären (ich vergaß zu erwähnen, daß sie sich zum Schlemmen splitternackt ausgezogen hatten und daß auch ich nicht das geringste Kleidungsstück auf dem Leibe trug), als mir ein Veilchenbrot auf den Lippen und am Gaumen eine Farbe bescherte, wie man sie von Chow-chow-Hunden kennt; bei ihnen war diese Wirkung natürlich nicht zu sehen. Die Vorzüge dieses Tafelns, das ich als *nach Moschus duftend* bezeichnen darf, machten sich schon bald bemerkbar, und ich zahlte es den hübschen Naschkatzen zurück, indem ich ihnen meinerseits den Mund und dann auch den Bauch vollstopfte, aber mit Lanzenstößen. Um ehrlich zu sein: nur Viola wurde dabei Ficksaft zuteil; ich mochte nicht schon am frühen Morgen mein ganzes Pulver verschießen.

Auf die Bö folgte eine Windstille; dann gingen wir alle drei hinab in das Bad, und dort, in dem großen Becken, das man zuvor mit Wasser gefüllt hatte, das vermutlich mit Kohlensäure versetzt war, denn es rauchte und sprudelte wie lauwarmer Champagner, unterzogen wir uns ausgiebigen Waschungen, die zu einer wahren Wonne wurden, weil sie uns als Vorwand für unschuldige und perverse Spiele, für intime Untersuchungen, für drollige Vergleiche, für gespielte Naivitäten, für kindliche Neugierde und für die Befriedigung dieser Neugierde dienten. Mit einem Wort: ich entstieg dem Bad mit einer neuen Erektion, gestrafften Muskeln, einem freien Kopf und einem Kreislauf, der so frisch war wie eine gerade aufgezogene Uhr. Nichts ist so gut, wie ausgelassen herumzualbern, wenn es darum geht, einen Mann wieder zu Kräften zu bringen. Und mehr als mit jenem Balthazar, mit dessen Namen man mich behängt hatte, verglich ich mich mit König Salomo, der ein höchst ehrwürdiges Alter erreichte und doch Saft und Kraft seiner Jugendjahre zurückgewann, indem er sein betagtes Fleisch dem lasziven Treiben nackter Mädchen aussetzte.

Ich rasierte mich; Candida rieb mich mit einem Roßhaarhandschuh ab; Viola strich mir etliche Male mit der Zunge und dann mit Talkumpuder über die besonders empfindlichen Stellen. Dann halfen mir beide beim Ankleiden. Ich zog das gleiche an wie am Vortag, nur daß sie mir über die prächtige Kluft, die ich bereits beschrieben habe, einen großen Umhang warfen, der mich zu einer Art Schäfer machte und der farblich und vom Material her so aussah, als hätte man ihn aus einem großen Stück welken Mooses herausgeschnitten. Als auch die Nacktheit der Mädchen unter Kleidern aus Persianerfell verschwunden war, die vorne offenstanden wie Levitengewänder und deren Vlies sich in nichts von Candidas glänzendem Muff unterschied, gingen wir hinaus; indes trennte ich mich im Hof von den beiden, am Fuß einer Treppe, auf die sie mich im Hinblick auf meinen geplanten Aufstieg in die Dachregion aufmerksam machten.

Oben fand ich niemanden. Es blies ein kräftiger, schneidender Wind, und fröstelnd zog ich den flatternden, zum Glück aber recht warmen Umhang um meine Schultern. Ich ging den Wehrgang entlang, auf dem ich zu einer ziemlich ausgedehnten Terrasse mit unregelmäßigem Grundriß gelangte, die oberhalb dessen lag, was ich als Hauptwohntrakt bezeichnet habe, das heißt über dem Bergfried und seinen kleinen Seitentürmen; diese Terrasse, die zum Hof hin von einer nicht sehr hohen Brüstung gesäumt war, folgte offenbar dem geschwungenen Grundriß der sie tragenden Gebäude, während sie zum Meer hin von der Rundung der Befestigungsmauer begrenzt wurde. Es dürfte kurz vor Mittag gewesen sein, denn mein Schatten auf den Granitplatten bildete einen Fleck, den ein gutgenährtes Kaninchen verdeckt hätte. Das Hochwasser war auf dem Rückzug; die an der Bewegungsrichtung der Schaumkronen, der Algen und der kleinen Treibkörper gut erkennbare Strömung bewegte sich landab; eine Boje zerrte seewärts an ihrer Kette; doch es fehlten noch mehrere Meter, bis man etwas von dem Dammweg sehen konnte, der das Schloß mit dem festen Land verband, und die Wellen beleckten, ohne sich zu brechen, das Fundament der Befestigungsmauer, so wie sie im tiefen Wasser den Schiffsrumpf umspielen. Graue Vögel tummelten sich im Wind, kreischend wie verrückt gewordene Weiber.

»Es ist schon ein bißchen spät, um sie tauchen zu sehen«, sagte eine Stimme hinter mir. »Nur während der Flut kommt der Fisch an die Oberfläche, und dann machen sie Beute.«

Der Mann, auf den ich wartete und dem wohl die beiden farbigen Mädchen Bescheid gegeben hatten, daß ich hier war, war heraufgekommen, ohne daß ich etwas gehört hatte, und stand nun neben mir, barhäuptig, die Haare im Wind, das übrige aber warm in einen mit dem Fell einheimischer Füchse gefütterten Pelzmantel gehüllt, der ein wenig auf seine Hausschuhe herabhing.

Montculs Gesicht, hat man einmal das Glück (oder Unglück) gehabt, diesem Mann zu begegnen, vergißt man nicht so leicht, und ich bin überzeugt, daß seine Opfer, wenn sie zum letzten Mal ihre Lider schlossen, sein Bild mit hinüber in den Tod genommen haben. Verglichen mit den Proportionen seines Körpers ein wenig größer als normal, scheint dieses Gesicht von großen, sehr hellen Augen wie durchlöchert zu sein, Augen mit strohgelben Pupillen unter rotbraunen, sehr schmalen Brauen; die große Nase biegt sich ein wenig adlerartig auf weit geöffnete, bebende Nasenlöcher herab; groß ist auch der Mund mit den sehr blassen, fest verschlossenen, wie die Lefzen der größten Raubkatzen sinnlich aufgewölbten Lippen; die fast zu weiße Haut ist so glatt rasiert und so sorgfältig gepudert, daß noch nie jemand die kleinste Andeutung eines Barthaars auf ihr entdeckt hat. Über all dem wogt ausladend eine mahagoni- und kupferfarbene Mähne, die oberhalb des linken Auges durch einen Scheitel in zwei Wellen geteilt wird und bis über die Ohren herabfällt, so wie bei Frauen und gewissen lächerlichen Päderasten (aber Montcul ist kein Päderast und *schon gar nicht* lächerlich). Die untere Partie des ziemlich femininen Halses wirkt wie geschwollen, so als gäbe es da den Ansatz eines Kropfes, und Montcul trägt stets nur offene Kragen (aus Seide) oder solche, die sehr weit geschnitten sind. Erwähnung verdient schließlich ein bestimmtes Etwas in seiner Erscheinung, das irgendwo zwischen Fischadler und anglikanischem Prälaten liegt und das zu einem nicht geringen Teil die Eigenart dieses Menschen ausmacht.

Ich rede im Präsens von ihm, so als sei er noch am Leben, denn trotz der Informationen, die ich erhalten habe (und die weiter unten auch der Leser erhalten wird), frage ich mich, ob er es nicht immer noch ist.

Als er bemerkte, daß ich ihn von oben bis unten ansah, lachte er.

»Na, was denken Sie über unseren Karneval?« fragte er.

Und da ich nicht recht wußte, was ich darauf sagen sollte, fuhr er fort:

»Sie müssen mich nicht ganz und gar für eine nette kleine Geisteskranke halten, die ihren Weltschmerz mit Hilfe von Maskeraden kuriert. Dennoch würde ich lügen, wollte ich meine ein wenig übertriebene Neigung zur Maske und zu allen erdenklichen Vermummungen in Abrede stellen. Schreiben Sie die Speisenfolge des Diners, das Ihnen gestern abend serviert worden ist, nur diesem Hang zu und finden Sie sich damit ab: Ihre nächsten Mahlzeiten hier werden von der gleichen Art oder – wenn Sie so wollen – Unart sein. Sie werden auch einräumen – da ich nun einmal beschlossen habe, mich von der Welt zurückzuziehen und mit meinem früheren Milieu, mit meinem vergangenen Leben vollständig zu brechen, und da ich aus diesen verschiedenen Gründen Eigentümer dieses Schlosses geworden bin, das, wie Sie sehen, am Rande der von Menschen bewohnten Welt liegt und das ich ohne jeden ästhetischen Anspruch, vielmehr nur in dem Bestreben, eine fremdartig-befremdende Atmosphäre in ihn zu schaffen, habe umbauen und einrichten lassen –, Sie werden einräumen, sage ich, daß es nahelag, darin auch die heute fast ausnahmslos von einem Ende der Welt bis zum anderen übliche Kleidung abzuschaffen. Zumal es sich dabei um eine recht scheußliche Tracht handelt, die für die zarten Partien unseres Körpers unbequem ist und nach dem ordinären englischen Spießbürger stinkt, einer Kreatur, die ich in der Hierarchie der organischen Wesen nur knapp über der Kanalratte (*mus panticus* in der Sprache der Zoologen, *pantegana* in der Stadt der Dogen) einstufen würde. Dieses phantasiegeborene achtzehnte Jahrhundert, nach dem ich alle kleide, die freiwillig oder zwangsweise zu mir nach Gamehuche kommen, nehme ich natürlich nicht ernst; dennoch finde ich, daß es Ihnen nicht schlecht steht und meinen Negern sogar ausgezeichnet. Und was diese Schlafröcke angeht, die Sie und ich unter unseren weiten Ausgehmänteln tragen, so kam mir die Idee dazu, als ich mir (wieder einmal) eine jener Schöpfungen anhörte, die mir im Bereich der Musik die teuersten sind: das Ende des ersten Aktes von *Don Giovanni*. Wie jeder Blinde sieht, sind mir die Zeichnungen des einzigen Engländers, der je imstande war, einen Bleistift oder einen Pinsel zu halten (er liegt auf dem Friedhof von Menton; dies nur, damit Sie nicht lange herumrätseln[1]), bei der Zusammenstellung meiner Garderobe eine große Hilfe gewesen.«

Wenn ich an dieser Stelle etwas entgegnet habe, so war es ohne Belang, und ich will diese Antwort hier nicht wiederholen, auch das nicht, was ich sonst noch zu der Unterhaltung beitrug (ein Beitrag, der nur der eines Statisten war). Deshalb gebe ich im folgenden nur noch Äußerungen Montculs wieder (»Montculiana« sozusagen), die ich vermutlich nicht einmal in der Reihenfolge zitiere, in der sie an jenem Vormittag getan wurden. Dennoch dürften sie das bizarre Wesen des Herrn von Gamehuche in etwas klarerem Licht erscheinen lassen:

»Ich habe in den meisten großen europäischen Städten gelebt, vor allem in Paris und in London. Ich muß Ihnen gestehen, daß ich mich dort bei jenen typisch männlichen Zeitvertreiben, die Sie in Ihrer Sprache und je nach Temperament ›lockeres Leben‹, ›Libertinage‹, ›Schürzenjägerei‹ oder ›Ausschweifung‹ nennen, stets ausgesprochen gelangweilt habe und daß ihre allzu rasch erreichten Grenzen es mir nie gestattet

1. Gemeint ist Aubrey Beardsley; cf. Vorwort *(Anm. d. Übers.)*.

haben, ein wirkliches Vergnügen an ihnen zu finden. Der Ehebruch unter seinem Schonbezug aus bedrucktem Stoff von der Firma Géraldy – was für ein Brechmittel, wirklich! Und diese Mädchen, die, wenn sie sich auszogen, einen durchdringenden Geruch nach Wasservögeln verbreiteten, sei es in der Rue Paul-Valéry oder auch in einem gastfreien Haus in der Rue du Bac, das voller Siamkatzen und Kandidatinnen für die Anatomie war, die aussahen wie Votivbilder aus Krankenhausgips – was für eine öde Leier! All die Männer dort, die ihre Ehre darein legen, als ›Weiberhelden‹, als ›Casanovas‹ zu gelten; will es denn nie in ihre Spatzenhirne hinein, daß das Wichtigste an jeder Jagd *das Töten* ist? Aufspüren, hetzen, verfolgen (das sind die Worte, die sie gebrauchen); aber ihr Spiel würde erst aufhören, flach und belanglos zu sein, wenn es nicht länger in einer simplen Vögelei nach der Hausparty enden würde, sondern mit dem hemmungslosen Herfallen des Jägers über seine Beute.«

*

»Die Schönheit einer schönen Frau ist wahrhaftig ein zerbrechlich Ding. Es genügt ein Rasiermesser in der Hand eines Negers (oder, bei unseren Lieblingsklassikern, in der haarigen Klaue eines Orang-Utan), und mit drei halbwegs gekonnten Bewegungen ähnelt das, was gerade noch Ihre Perle, Ihre schwarze Tulpe, Ihr Abgott, Ihr Meisterwerk der Schöpfung war, zum Verwechseln einem Kalbskopf, dem man das Fell über die Ohren gezogen hat.«

*

»Außerdem, wie kann man es bloß hinnehmen, daß die Huren, die uns zu Diensten gewesen sind, nach uns noch so vielen anderen zu Diensten sind? Birgt diese Nachsicht nicht einen unverzeihlichen Mangel an Gesinnung? Steht sie für Sie nicht in krassem Widerspruch zu den Formen der Lust, die wir anderswo fordern? Haben wir uns an einem schönen Fisch oder einem hübschen Stück Geflügel gütlich getan, sind wir zufriedener und verdauen besser, wenn wir sehen, daß in der Schüssel nur noch ein abgenagtes Gerippe übrig ist. Das liegt eben daran, daß die Ausschweifung meines Erachtens nicht ohne die physische Vernichtung der Weibsperson auskommt, die lediglich dazu da war, uns das Vergnügen an ihrem Körper zu verschaffen. Denn es gibt keine andere Art und Weise, die Begierde wirklich zu stillen.

Wenn ich zur Liebe fähig wäre, würde ich, glaube ich, heiraten und durch alle Heimsuchungen hindurch bis zu den größten Qualen treu und anhänglich lieben. Aber ›Liebe‹ ist ein abgedroschenes Wort.«

*

»Es ist wahrscheinlich, daß ich auch diese junge Deutsche, die Sie gestern abend gesehen haben, nicht verschonen werde, denn ich liebe sie nicht wirklich und habe nie daran gedacht, daß ich sie einmal heiraten könnte; dabei *ähnelt sie mir in manchen Dingen so sehr*, daß ich ihr bis jetzt immer das Schlimmste erspart habe. Keine einzige von meinen verflossenen Huren hat mich übrigens soviel Saft gekostet wie dieses geile Luder. Deshalb besteht für sie keine unmittelbare Gefahr. Aber ich glaube nicht, daß sie sich die geringsten Illusionen darüber macht, was ihr am Ende ihrer Dienstzeit blüht.

Erinnern Sie mich gleich, wenn wir zu Tisch sind, daran, daß ich Ihnen erzähle, wie sie ins Schloß gekommen ist. Das ist eine ulkige Geschichte.«

*

»In den letzten Jahren, die ich unter Menschen verbrachte, bevor ich mein Eremitengewand anlegte, bekam ich Lust, mir allerlei Dinge auszudenken (und fast immer auch zu praktizieren), die sich ohne unüberwindliche Schwierigkeiten tun lassen, leider aber niemandem einfallen. So ist Stehlen eine stumpfsinnige, pubertäre und leicht sentimentale Tätigkeit, es sei denn, man lebt in Armut (doch in diesem Falle ist es viel leichter, seine *banknotes* auf legalem Wege zu verdienen), aber im Louvre oder in der National Gallery Bilder *hinzuzufügen* oder skurrile Dinge in die verstaubte, feierliche Ordnung der Nationalmuseen zu schmuggeln, *das* sind jungfräuliche Verbrechen: ich will sagen, nicht strafbar, falls der Gesetzgeber noch nicht dahintergekommen ist, daß sie möglich und sogar schon begangen worden sind. Sündhaft teure Bücher (unter anderen die Erstausgabe der *Fleurs du mal* und die der von Sulpice Sabon verlegten *Délie*) aufs Geratewohl in den Zehn-Francs-Kästen an den Seine-Quais zu verteilen, amüsierte mich. Ich nahm eine Reihe Austern, tat ziemlich große Perlen hinein und legte die Muscheln dann in die einschlägigen Auslagen, wobei ich darauf achtete, daß der Verkäufer mich nicht sah. Zwar waren die meisten Perlen erlesene Stücke, aber der Überraschung wegen tat ich auch ein paar falsche hinein. Desgleichen manövrierte ich auf dem Markt im Quartier Saint-Paul, das, wie Sie wissen, das Judenviertel ist, mehrere Louisdors in den Bauch der dicksten Karpfen. In den Fischgeschäften kam es tags darauf zu wüsten Prügeleien, und zwei Weiber samt etlichen Bälgern ließen in dem Getümmel ihr Leben. In den Weihwasserbecken der Kirchen, insbesondere in Notre-Dame, tauchten während des Hochamts lebende Aale und Flußkrebse auf; immerhin sprang dabei für den Küster eine Fischsuppe heraus. Im Gegensatz zu diesen großherzigen Spenden zeitigt eine Lösung aus Strychnin oder aus bestimmten Zyaniden, aber in einer tödlichen Dosis, die man mittels einer Injektionsnadel unter die Schale von Orangen oder Mandarinen spritzt, die man ihrerseits in die Auslagen der Obsthändler wirft, häufig ausgezeichnete Resultate, wie die Ärzte zu sagen pflegen. Ferner empfehle ich Ihnen (aber diesen Scherz darf man sich nicht zu oft erlauben) spitze Reißzwecken, die Sie, nachdem Sie sie mit einer Curare-Salbe bestrichen haben, über die Holzplanken jener Pontons streuen, die in Badeanstalten an Flüssen oder Seen als Absprungplattform benutzt werden.

Auf diese Weise dem Zufall nachzuhelfen, bringt eitel Freude. Sie finden damit sicherer zu Nervenruhe und Seelenfrieden als durch das Verspritzen eines ganzen Kübels Samen. Trotzdem möchte ich wetten, daß Sie meinen Rat nicht beherzigen werden, denn bislang (ich kann mich, wie gesagt, darüber nur wundern) hat sich niemand gefunden (nicht einmal die junge Prinzessin von Warmdreck), der die Neigung zu diesen Unternehmungen und das Verständnis dafür mit mir teilt.«

*

»Ich hatte einmal eine hübsche Liste mit meinen vergangenen und zukünftigen Belustigungen, von der ich Ihretwegen bedauere, daß ich sie nicht aufgehoben habe. Als ich wirklich am Ende dieses Verzeichnisses angelangt war, ging ich nach Gamehuche. Mein Einzug hier und der Umbau des Schlosses nach den Ihnen bekannten Instruktionen lagen gerade hinter mir, als der Krieg ausbrach; genau zum richtigen Zeitpunkt, wie ich zugeben muß, um zusammen mit der alten Rechtsordnung die meisten Hindernisse aus dem Weg zu räumen, die meine Pläne gestört hätten.

Nicht ohne Vergnügen, wie sich versteht, erfuhr ich von der Niederlage der Streitkräfte Englands, Frankreichs und Belgiens und von ihrer heillosen Flucht in Richtung Pyrenäen. Da ich geistig gesund bin, habe ich die Militärs meines Landes stets gern davonlaufen sehen; als sie die ›Kontrollstelle‹ in der Gegend von Gamehuche passierten, waren sie dank der Schnelligkeit der Lastwagen der Royal Air Force die ersten. Ein paar Tage später trafen die Deutschen ein und besetzten die gesamte Küste.

Weil ich aus dem Haß und dem Ekel, die ich meinem Vaterland gegenüber empfinde, keinerlei Hehl machte und da ich, verärgert über den Schwachsinn der Battenbergs, die sich seit kurzem Mountbatten nannten, meinen eigenen Namen übersetzt und aus Mountarse Montcul gemacht hatte, hielten mich die Deutschen in einer Anwandlung jener bodenlosen Beschränktheit, die das Wesen der teutonischen Seele ausmacht, für einen ›englischen Faschisten‹ oder ich weiß nicht was, jedenfalls für einen zuverlässigen Parteigänger ihrer Sache, und ließen mir ihr Wohlwollen und ihre Unterstützung zuteil werden. Gleichzeitig aber kungelte ich (das ist genau das richtige Wort) mit den Anführern der hiesigen ›Résistance‹; das gute Einvernehmen mit diesen Leuten (lauter Mörder, Diebe und Zuhälter und so ausgemachte Einfaltspinsel, das sie ganz nach Wunsch funktionierten) erleichterte meine Geschäfte sehr. Heute, da der Krieg vorbei ist, haben diese jungen Strolche die blauweißrote Maske fallengelassen und dienen mir nur noch als Schlepper. Für Geld (oder genauer: für ein bißchen mit dem Kopfbild eines rheumatischen Badinguet[1] geprägtes Gold) beliefern sie mich, was Knaben, Mädchen, kleine Kinder oder das liebe Vieh angeht, mit allem, was ich brauche; und das

1. Spitzname Napoléons III., der ein Verschwörer war, bevor er Kaiser wurde. Mit dem »rheumatischen Badinguet« dürfte Marschall Pétain gemeint sein *(Anm. d. Übers.)*.

mit genauso viel Eifer, als seien sie Neapolitaner.

Während des Krieges lieferten sie mir oft, gut verpackt und verschnürt, Offiziere und Soldaten, die ihnen in die Falle gegangen waren. Diese Gefangenen waren Statisten bei meinen Aufführungen, spielten die Versuchskaninchen bei meinen Experimenten; das Maquis hatte davon den Vorteil, sie loszuwerden, ohne sich die Finger schmutzig zu machen, und von mir ein wenig die Kasse aufgebessert zu bekommen. So gönnten wir uns – ich erinnere mich noch – mit einem feisten württembergischen Oberst die Komödie, ihn Uniform und Unterwäsche ausziehen zu lassen und ihm dann, als er splitternackt dastand, die nämliche Uniform auf die Haut seines wabbeligen Körpers zu tätowieren, ohne etwas zu vergessen, weder die Wickelgamaschen noch die Orden, weder die Tressen noch die Pistolentasche oder den kleinsten vorschriftsmäßigen Knopf. Anschließend wurde der Bursche, nachdem er den Negern (ohne sie zu beißen) die Nudel gelutscht und den ganzen daraus resultierenden Glibber heruntergeschluckt hatte, von Caligula erledigt. Ich empfinde sehr viel Symphatie für die Israeliten, von denen ich erfahren habe, daß sie höhere Offiziere und Generäle der britischen Armee dem ersten Teil der geschilderten Behandlung unterzogen haben, bevor sie sie, auf diese Weise ›dekoriert‹, in ihre Kaserne zurückschickten. Das wäre eine Mode, die man lancieren sollte: derart sämtliche Berufssoldaten zu tätowieren. Ich bedauere nur, daß ich mir trotz der Aussetzung einer fetten Prämie nie ein Exemplar jener glorreichen russischen Generäle habe beschaffen können, die noch üppiger als alle anderen mit Gold und sonstigem Krimskrams behängt sind; stellen Sie sich vor, was für eine hübsche Arbeit das wäre, in so ein Kosakenfell diese großen Epauletten, diese Ordensspangen einzuritzen!«

*

Ein ziemlich schaurig klingendes Getute hinter uns beendete Monsieur de Montculs Beinahe-Monolog. Es war – als Signal, daß das Mittagessen serviert war, wie man mir sagte – der Neger Gracchus, der da röhrend und prustend in ein großes, spiralförmig gewundenes Muschelhorn blies. Als dem Trompeter schließlich die Luft ausging, begaben wir uns nach unten.

»Ist es nicht ein bißchen eine fixe Idee von Ihnen«, fragte ich meinen Gastgeber, »daß Sie der *Rasse* der Menschen, deren Geschichte Sie erzählen, eine solche Bedeutung beimessen?«

»Ihre Bemerkung ist richtig«, entgegnete Montcul. »Es ist mir nie ganz gelungen, die alte englische – und sehr schlechte – Angewohnheit loszuwerden, von einem schönen Pudel, einem stämmigen Percheron, einer cremefarbenen Perserkatze zu reden statt einfach von einem Hund, einem Pferd oder einer Katze. Alles, was von diesen idiotischen Vaterländern kommt, macht uns dumm.«

Und er schob mich in Richtung Speisezimmer.

Dort fand ich in derselben Kulisse wie am Vortag (nur daß die Kerzen gelöscht waren; die über einem großen, auf den Hof hinausgehenden Fenster wie Segel hochgerollten Vorhänge ließen ein eher trübes Licht ins Zimmer fallen) die erwartete Gesellschaft wieder; das heißt, es fehlte nur Michelette, deren Zeit abgelaufen war und der wohl schon die Krebse die Knöchelchen abnagten. Wir nahmen in der gleichen Sitzordnung Platz wie am Vorabend, mit dem einzigen Unterschied, daß Montcul und Luna von Warmdreck ihr Kanapee diesmal mit niemandem teilten. Edmonde war, obwohl sie gerade erst aus der Küche kam, in der sie, wie sie erklärte, zum Wohle unserer Mäuler mehrere Stunden verbracht hatte, vergnügt und munter; ihre Brust und ihr Arsch wippten unter ihrem malvenfarbenen Hemd auf und ab und erschienen dank einer Guêpière aus goldbraunem Leder, die ihr die Taille einschnürte, noch draller und schöner. Die beiden Neger liefen mit großen Tabletts voller Seeigel hin und her, worüber ich mich zuerst freute, denn ich liebe nichts so sehr wie die wohlschmeckenden orange- oder safranfarbenen Trauben, die der Laich dieser lebenden Meeresfrüchte sind, aber ich wurde enttäuscht, denn von Seeigeln gab es nur die Panzer, von denen jeder einen geschmorten Hoden (vom Lamm) auf einer Unterlage aus pürierten Schalotten enthielt. Obwohl ich dieses für meinen Geschmack abscheuliche Gericht mißbilligte, fand ich doch, daß es Esprit besaß, und lobte seine Erfinderin, denn das Gehäuse des Seeigels, inwendig fleischfarben und außen voll stacheliger Haare, ist morphologisch so eindeutig eine Fotze, daß man es als einen

Scherz der Natur bezeichnen könnte. Es zeugte also von einigem Humor, in solch einer Höhlung, die üblicherweise auf die Aufnahme von Schwanzspitzen eingerichtet ist, ein Säckchen unterzubringen.

Während die Neger, wie Schweine dreinschauend, die Testikel in sich hineinstopften und die Innenseite der Panzer abschleckten, zog Montcul wie gewöhnlich gegen England vom Leder und erzählte uns Geschichten von einem seiner Verwandten, einem Mountarse aus dem vorigen Jahrhundert, mit dem Königin Victoria sowohl ihrem Gatten als auch ihrem Hauptliebhaber, Lord Alfred Tennyson, Hörner aufsetzte.

»Bei der ersten Breitseite«, sagte er, »die mein Oheim auf dem königlichen Lager abfeuerte, sodomisierte er Ihre Liebreizende Majestät, und das mit so schöner Stoßkraft, daß sie ganz aus dem Häuschen war, denn sie hatte sich über den Poeta laureatus sehr zu beklagen, der sie aus Gründen, die namentlich auf der Lektüre der Bibel und des medizinischen Wörterbuchs basierten, nicht öfter als einmal die Woche und nie an anderer Stelle fegen wollte als an der, die er das ›sittlich einwandfreie Gefäß‹ nannte, *id est* die Vagina. Mein Oheim dagegen, ein geborener Rammler, nagelte sie, ohne zu murren, in sämtliche Öffnungen und pumpte ihr, nachdem er ihr tüchtig die Fotze gefüllt hatte, auch den Arsch, den Mund und sogar die Nasenlöcher voll. Anscheinend – was ich Ihnen hier sage, habe ich in den (leider noch unveröffentlichten) Memoiren meines Oheims Jonathan Mountarse gelesen – schluckte die Monarchin den Wonnekleister gierig hinunter, schabte mit der Handkante zusammen, was überall dort, wo man sie angebohrt hatte, herunterfloß oder -tropfte, und kippte es sich in den Schlund, wobei sie kreischend verkündete, das schmecke ja besser als Weinschaumcreme mit Whisky, und neben dem Saft von Mountarse sei derjenige Tennysons nur dünner Reisschleim. Zuletzt striegelte mein Oheim das königliche Luder mit seinen Hosenträgern; zum Dank schlug sie ihn daraufhin zum Ritter des Hosenbandordens. Ich selbst habe bei Hofe nicht so gut reüssiert wie Sir Jonathan. Ich gebe zu – Ehre, wem Ehre gebührt –, daß er sicher schneller einen hoch hatte als ich; außerdem sind mir die Ärsche der *Royalties* nur selten vor die Flinte gelaufen.«

Er unterbrach sich, um sich aus einer Schüssel mit kleinen Zungen zu bedienen (so klein, daß ich sie keinem anderen Tier zuzuordnen wußte als dem Meerschweinchen), bevor er fast übergangslos fortfuhr:

»Sehen Sie sich bitte einmal *den* Gebrauchsgegenstand schlechthin der britischen Familie und des britischen Haushalts etwas genauer an: die englische Teekanne. Es müßte einem schon sehr an kritischem Verstand fehlen, wollte man die Ansicht vertreten, dieses Utensil diene ausschließlich der Zubereitung von Aufgußgetränken. Die Form ihres Ausgusses – ein mickriger Pint – und ihr runder Bauch, den unsere Nationalflittchen mit heißem Wasser füllen, bevor sie ihn sich auf die Pflaume drücken, weisen Sie zweifelsfrei auf ihren Verwendungszweck hin. Die englische Teekanne (manch eine, die ich gesehen habe, war wie der Unterleib eines Zulus mit einem Persianerfell bezogen) ist ein Godemiché; vermutlich bleibt sie das auch bis ans Ende der Welt oder so lange, bis meine Landsleute gelernt haben (was unwahrscheinlich ist), ihre trostlosen Weibsbilder ein wenig herauszuputzen. Ist übrigens das Ideal aller Frauen im Vereinigten Königreich nicht der arm- und beinlose Krüppel, ein Körperbehinderter mit dickem Pint, der ihnen – auch er eine

Teekanne – auf Gedeih und Verderb ausgeliefert wäre? Ich darf, immer noch in bezug auf diese höchst aussagekräftige *Form,* hinzufügen, daß die englische Teekanne auch derart einem Nashornkopf ähnelt, daß ich schon oft davon geträumt habe, ein solches Tier zu besitzen, das darauf dressiert wäre, mit seinem Horn zu kopulieren; ich würde das Vieh dann um die Zeit der kleinen Moralpredigten im Park[1] loslassen, und ich versichere Ihnen, das würde für allerhand Gekreisch, Gerenne und freudige Erregung sorgen ...«

Er wurde allmählich etwas eintönig mit seinem auf den Kopf gestellten Chauvinismus (es klang wie das Gemeckere einer alten irischen Ziege); um das Thema zu wechseln, erinnerte ich ihn deswegen daran, daß er mir eine andere Geschichte versprochen hatte, nämlich die, wie es seine Freundin, die junge Prinzessin, nach Gamehuche verschlagen hatte.

»Was meint die erwähnte ›junge Prinzessin‹ dazu?« fragte Montcul.

Und dann, ungeduldig an den Titzen seiner Nachbarin ziehend:

1. Gemeint ist wohl der Hyde Park *(Anm. d. Übers.).*

»Wirst du wohl anworten, blödes Weibsstück? Von *dir* ist die Rede.«

»Die Prinzessin und das blöde Weibsstück stehen Monsieur de Montcul zu Diensten, was er auch verlangen mag«, erwiderte die Deutsche seufzend und mit einer schönen Bewegung ihres Busens.

»Gut«, fuhr Montcul fort. »Ich bin ein taktvoller Mensch, und ohne Zustimmung der Hauptbeteiligten hätte ich kein Wort verlauten lassen, aber da sie's möchte, will ich die Geschichte erzählen.«

»Nun, es war zwischen Frühjahr und Sommer 1942, als ich General Baron von Novar, den man gerade zum Befehlshaber der Luftstreitkräfte für das Gebiet der unteren Bretagne ernannt hatte, erstmals begegnete. Da er von Ihrem Gastgeber und ergebenem Diener als von einer Art ›englischem Original‹ (der Ausdruck ist immer noch im Schwange) hatte reden hören, der von seinem eigenen Vaterland angewidert, aber ein großer Bewunderer des neuen Deutschland sei, wollte der General meine Bekanntschaft machen und ließ sich, nachdem seine Leute mir den Besuch angekündigt hatten, sehr *zivil* (ich muß es zugeben, so erstaunlich dies auch erscheinen mag) zum Schloß chauffieren und machte mir seine Aufwartung. Beim Geräusch der Motorradeskorte, die knatternd am Strand stand und darauf wartete, daß die Furt für die Maschinen passierbar würde, hatte ich (zur Vermeidung jedes unangenehmen Zwischenfalls) den glücklichen Einfall, zwei Juden, die der Maquis mir anvertraut hatte und die aus einem kleinen Dorf im Hinterland kamen, in dem sie leichtsinnigerweise Zuflucht gesucht hatten, in einen meiner vergitterten Türme zu sperren.

Da ich zu sagen wußte, was nötig war, um diesem tumben Rohling zu gefallen, mochte mich Novar bald mehr als alle seine Landsleute (die er übrigens über die Schulter ansah, wenn ihr Dienstgrad niedriger war als sein eigener); es kam so weit, daß er mich nicht mehr missen mochte, und so besuchte er mich drei- oder viermal die Woche hier auf Gamehuche. Er hatte die Angewohnheit, sich stets von seiner Nichte, der jungen Prinzessin von Warmdreck, begleiten zu lassen, die Sie hier sehen und die ich just in diesem Augenblick an der richtigen Stelle unter ihrem Kleid berühre. Die Prinzessin ist fügsam. Die Hure lacht gern. Wer zuletzt lacht, lacht am besten. Aber ich glaube, ich schweife ab.

Der General – um auf unseren Lamettahengst zurückzukommen – hatte also eine fanatische Zuneigung zu mir gefaßt und erzählte mir in einem Anfall von Vertrauensseligkeit, die ich sicherlich nicht verdiente, unter dem Siegel der Verschwiegenheit, wie und weshalb er seine Nichte nach Frankreich mitgenommen hatte. Er gab vor, er benötige das Mädchen als Sekretärin, aber der eigentliche Grund für sein Tun war der, daß er sie aus Deutschland herausbringen wollte, damit ihr der obligatorische Arbeitsdienst und die allzu enge Berührung mit bestimmten Volksgenossen erspart blieben, die einer Person ihres Standes unwürdig war, hatte es doch vor Bismarck regierende Fürsten in der Familie gegeben.

Mit leichtem Überdruß ließ ich anfangs diese Besuche über mich ergehen, denen ich mich aufgrund meiner prekären Situation natürlich nicht entziehen konnte, doch bald reizte mich die unfreiwillige Komik, welche die höheren Offiziere und die Generäle in den Armeen sämtlicher Länder der Welt schmückt wie ein Helmbusch, und war Novars Herzensergießungen nicht länger abgeneigt. Seiner Wesensart nach war er übrigens ein echter Ordnungsmann, das heißt ein Trottel. Und seine Nichte fing an, mich auf sehr angenehme Weise nachdenklich zu stimmen. Mit den beiden kam häufig noch eine dritte Person, die ich nicht so gern sah und die mir ihrerseits keine allzu freundschaftlichen Gefühle entgegenbrachte. Dieser Mensch, über den, wenn auch nicht offiziell, durchsickerte, er sei mit Prinzessin Luneborge verlobt, diente im Rang eines Fliegerleutnants in den Küstenverbänden der Luftwaffe; sein Rangabzeichen war ein Gebilde in Form einer Flügelspitze oder Flosse. Selber von Adel (und von höchstem dazu), doch weit eher ein Tier als ein Mensch, verbreitete dieser hellhäutige, rothaarige Bursche, der nahezu zwei Meter lang war, um sich herum einen scharfen Geruch nach Hundezwinger. Vielleicht übertrieb er den Gebrauch von Shampoo mit Pyrethrum. Wenn er großkotzig mit einem Ständer herumlief (Militärhosen und diese kurzen Waffenröcke sind extra so geschnitten, daß sie derlei Dinge hervortreten lassen), brauchte man kein Hellseher und kein Feldgeistlicher zu sein, um zu sehen, daß diese Hure von Nichte scharf auf ihn war und daß sein strammer Bolzen sich in ihren dunkelsten Winkeln bereits bestens auskannte. Nun gingen mir aber (hab' ich das schon gesagt?) eben diese Winkel selbst im Kopf (und im Unterleib) herum, so wie einem das eindrucksvolle Bild der Peterskirche in Rom, des Invalidendoms oder eines nagelneuen Bordells im Kopf herumgeht.

Als es mit voranschreitender Jahreszeit heißer wurde, schickte der General bisweilen ein Militärfahrzeug, das mich in Gamehuche abholte und zu einem abgelegenen Strand in der Nähe von Saint-Quoi-de-Vit brachte; dort pflegte das Trio zu baden, nur von den Motorradstreifen bewacht, die stocksteif am Fuß einer kleinen Düne postiert waren. Novar, der unter einem Sonnenschirm saß, plapperte arglos vor sich hin, ohne daß man ihm aufmerksamer hätte zuzuhören brauchen als dem knirschenden Kies. Luneborge ließ sich von der Sonne versengen, dann stürzte sie sich puterrot und wortlos in die Wellen und schwamm mit kraftvollen, ruhigen Zügen weit aufs offene Meer hinaus. Ihr folgte in geringem Abstand dieser Kerl, den ich nicht ausstehen konnte: Leutnant Conradin. Ich war ganz sicher, daß die Verlobten draußen im Wasser die eine oder andere Nummer schoben. (Ein köstliches Vergnügen übrigens, dessen bewährtes Rezept wie folgt lautet: während das Weibsbild den toten Mann markiert, schiebt sich der Kavalier *unter* sie, führt seinen knüppelharten Pint an die Öffnung seiner Wahl heran und wuchtet ihn, falls das Salzwasser sein sanftes Hineingleiten verhindert, mit einem kräftigen Lendenstoß abrupt in Fotze oder Arsch; danach braucht man sich nur noch dem Auf und Ab der Wellen zu überlassen, die einem den Rücken kraulen wie willfährige Hände unter einer Hängematte; aber vergessen Sie vorsichtshalber nicht, sich Badehose bzw. -anzug, die zu Beginn der Operation ausgezogenen Textilien, um den Hals zu schlingen, damit sie Ihnen nicht womöglich davonschwimmen.) Als sie nach einer Stunde oder sogar mehr mit müden Gesichtern und ganz außer Atem zurückkamen, beneidete ich den Burschen. Die Hure ließ sich erschöpft in den Sand fallen, so als hätte sie gerade einen ganzen Trupp Infanteristen abgefertigt; die Lider sogleich über die ruhigen Aquamarine, die Sie hier sehen, herunterklappend (ich kenne nichts, was derart zu großen Exzessen reizt wie die *Unergründlichkeit* solch blaßblauer, von einer schön gebräunten Haut eingefaßter Augensterne), ließ sie ihr schönes Haar und das schöne, haselnußfarbene, schamlos zur Schau gestellte Fell ihrer Achselhöhlen in der Sonne trocknen. Er, dieser Mistkerl, hatte eine Hand unter sie geschoben, und ich sah, wie er ihr damit sanft die Hinterbacken massierte; dabei schwoll seinem Hahn erneut der Kamm, während sie mit einer leichten, wogenden Bewegung von Kruppe und Bauch zu erkennen gab, daß sie für derlei Dinge nicht unempfänglich war. Heiliger Ficksaft, ich schwor mir, daß dieses Luder meinem Stößel binnen kurzem als Futteral dienen sollte.

Von meinem Wunsch in Kenntnis gesetzt und darüber unterrichtet, daß es *üppig* was zu verdienen gäbe, sobald mir die dreifache Beute in gutem Zustand herbeigeschafft würde, schmiedeten die Männer des Maquis ihren Entführungsplan. Am Tag nach Johanni setzten sie ihn in die Tat um, und zwar an einem glühend heißen Vormittag, der mein Wildbret unweigerlich hinaus zum Baden treiben mußte, während ich das Springen durchs Johannesfeuer, die Rundtänze und andere Strapazen vorschützte, um mich nicht vom Schloß entfernen zu müssen.

Die Sonne sengte, daß die Kiesel am Strand schier zerplatzten, und sie brannte heiß auf die Teutonenschädel. So lagen die Motorradwachen, die als gute Soldaten im Stehen schlafend ihren Dienst versahen, rücklings im Sand, ehe sie in Deckung gehen konnten, wobei sie nicht eigentlich verletzt, sondern nur vorübergehend außer Gefecht gesetzt wurden, nämlich durch Geschosse aus geräuschlosen Druckluftwaffen, die meinem Privatarsenal entstammten. Die drei Hauptpersonen hatten sich gerade wieder angekleidet, denn an diesem Morgen war es selbst für sie entschieden zu heiß (eine halbe Stunde später hätten meine Helfershelfer den Strand leer vorgefunden); da keinerlei Widerstand möglich war, wurden sie gepackt, verschnürt, geknebelt und bekamen eine Kapuze übergestülpt, ehe man sie zwischen zwei Lagen Seetang auf einen Karren warf wie Hummer, die man frisch halten möchte. Dann wandte man sich wieder den Leichtverletzten zu und buddelte sie, da das Meer zu steigen begann, splitternackt, aber die Arme an den Oberkörper gefesselt, etwa fünfzig Meter von den ersten Wellen entfernt fein säuberlich bis zu den Schultern in den feuchten Sand, und zwar so, daß sie reichlich Zeit hatten, das Wasser langsam auf sich zukommen zu sehen, bevor sie von ihm umspült wurden. Mich dünkt, daß das Nervenkostüm bei dieser Art zu ertrinken, nämlich durch heranschwappende, aufschäumende und wieder zurückrollende Wellen, in Fetzen gehen und der Verstand sich langsam auflösen muß wie beim Tod unter der Peitsche. Vielleicht war es sogar viel zu großherzig gedacht, ein Kroppzeug wie die gewöhnlichen Ordonnanzen der Luftwaffe so feudal zu behandeln.

Was die Gefangenen angeht, die befanden sich, als sie die Haube abgenommen bekamen (gestatten Sie mir diesen Ausdruck aus der Falknerei), in dem Raum, in dem wir gerade sitzen, und es war mittlerweile Spätnachmittag; die Vorhänge waren zugezogen und alle Kerzen angezündet, obwohl es draußen taghell und die Hitze noch unerträglich war. Die Maquisleute waren fort, wie vom Wind übers Heideland und den Bocage verweht, sobald sie ihre Napoleondors eingesackt hatten.

Sie sehen hier rings um sich her die *Bühne* für das bevorstehende Weihespiel, mit dem Unterschied, daß Sie sie jetzt in ihrer Tagesbeleuchtung vor sich haben; lassen wir kurz die *Personen* – Handelnde, Opfer und Statisten – Revue passieren, die an dem Spiel teilnehmen werden.

Da wären also auf seiten der *Fremden* General von Novar, Leutnant Conradin und Prinzessin von Warmdreck. Die beiden Erstgenannten tragen die Ausgehuniform der Luftwaffe, aber mit nicht gerade vorschriftsmäßigen Leinenschuhen an den Füßen. Luneborge, die gar nichts an den Füßen hat, trägt lediglich ein kurzes Strandkleid aus orangenem Leinen, das sehr schön ihre gebräunten Schultern, ihre Achselhöhlen, ihre Beine und einen interessanten Brustansatz zur Geltung bringt.

Auf der anderen Seite, auf derjenigen der Schloßbewohner, ist da zuerst der Hausherr: meine Wenigkeit; er trägt an diesem Tag einen Schlafrock aus schwarzem Kaschmir mit einem Gürtel aus violetter Seide, der ihm ein wenig das Aussehen von ›Seiner Exzellenz Monsignore von Gamehuche‹ verleiht. Unter diesem Gewand völlig nackt, trägt er an den Füßen Hausschuhe aus schwarzem Wildleder und mit violetten Absätzen. Rechts und links flankieren ihn zwei Mädchen von dunkler Hautfarbe, unsere jungen Freundinnen Viola und Candida, beide splitternackt unter langen, vorne geschlitzten und aufgehakten Kleidern, die, das eine malvenfarben, das andere leuchtend rosa, aus den Fellen jener tibetischen Ziegen zusammengenäht sind, deren Behaarung so weich ist wie Frauenhaar; die Beine der beiden Schelminnen wirken durch die hochhackigen, roten Pumps, die sie tragen, noch länger und schlanker, als sie es ohnehin sind. Die Neger Gracchus und Publicola, beide mit nacktem Oberkörper und barfuß, haben nur hautenge kurze Hosen an – die eine aus weißem, die andere aus purpurrotem Satin –, die wie bei den alten neapolitanischen Fischern bis unter die Knie reichen; außerdem trägt jeder von ihnen, zur Vervollständigung ihrer Tracht oder damit sie etwas in den Händen haben, eine silberne Schüssel mit einem großen Bund Spargel, von dem Monsignore von Gamehuche ab und zu wie geistesabwesend eine Stange lutscht.

Als einzige Personen, die Sie noch nicht kennen (und das aus gutem Grund!) runden die beiden Juden, von denen bereits kurz die Rede war, das Ensemble ab: John-Henry Rotschiss, vormals Alteisenhändler, und der Zahnarzt Simon Vert. Die beiden stecken (dazu habe ich sie mit der Begründung gezwungen, diese Vermummung werde sie schützen) in Kapuzinermönchskutten von der Ihnen bekannten kackbraunen Farbe; ihre aschgraue Gesichtsfarbe und das Schimmern ihrer glibberigen Haut passen so natürlich zu dem Mönchsgewand wie Sauerampferblätter unter den Bauch einer Alse.

So, und jetzt fängt die Vorstellung ohne jedes weitere Vorspiel an. Die Gefangenen sehen sich an, sie sehen sich im Zimmer um, und sie sehen auch mich mit einiger Verwunderung und blinzelnden Augen an, was mich an Nachtvögel erinnert, die plötzlich von einem Lichtbündel erfaßt werden. Dann fällt den beiden Männern aber offenbar wieder ein, daß sie sich im Krieg befinden und daß sie Offiziere, Adlige und Preußen sind, denn sie nehmen die bekannte stocksteife Haltung an, die eine Art mentaler Erektion ist. Das Mädchen hingegen ist ganz weich und hingebungsvoll und dreht und wendet sich wie ein verängstigter kleiner Fischotter.

Den Vorrechten entsprechend, die ihm sein Dienstrang verleiht, darf der General als erster den Mund aufmachen. Er tut es, um mir zu erklären, man werde mich standrechtlich erschießen, und er werde mir zeigen, wie die Helden seines Landes zu sterben pflegten.

›Ein zweifacher Irrtum, mein lieber General‹, entgegne ich ihm: ›man wird mich durchaus nicht erschießen, denn keiner von deinen Leuten wird je erfahren, daß deine allzu lange Karriere hier in einem Krabbenloch zu Ende gegangen ist; und es geht nicht darum, als Held deines oder irgendeines anderen Landes zu sterben, sondern darum, mich mit dem Schauspiel deiner Demütigung, deiner Schande und der Qualen, die man dir zufügen wird, zu ergötzen. Hebräer, ich überlasse euch den General; springt mit ihm um, wie es euch Spaß macht.‹

Ich putze ihm die Nase, indem ich ihn zweimal kräftig hineinkneife, trete ihn in die Eier und schubse ihn zu den Juden hinüber. Als diese die Uniform ihrer notorischen Peiniger erkannt haben, sind sie erst einmal hinter die Säulen geflüchtet, haben aber, zögernd zurückkommend, so grimmig und schauerlich zu lachen angefangen, daß ich sie, wäre da nicht ihre Nützlichkeit als Werkzeuge der Quälerei gewesen, wohl zum Teufel geschickt hätte, noch ehe ich über die Deutschen hergefallen wäre. Sie schnappen sich den General, ohrfeigen ihn, gerben ihm tüchtig das Fell, fingern mit ihren feuchten Händen an seinem Körper herum und betasten dieses und jenes, ohne ihn jedoch zu entkleiden.

Dann ist der Fliegerleutnant an der Reihe. Ich ziehe seine Braut mit einem Griff unter die Achseln an mich, und sie hebt willig den Arm, um mir ihre Brüste darzubieten, die ganz frei und nackt unter dem Leinenkleid baumeln.

›Zieht das Schwein aus‹, sage ich zu den Negern.

Der Körper des Leutnants, der unbehaart ist – oder beinahe jedenfalls – wie oft bei Männern aus dem Norden, die zum hellhäutigen Typus gehören, ist der einer schönen, athletischen Bestie, und ich betrachte ihn mit Haß und Behagen, wobei ich ein kritisches Auge auf seinen Weihwedel werfe, der über pralle, schwartige Eier herabhängt.

›Er ist nicht steif‹, sage ich zu Luna. ›Bring' ihn zum Stehen.‹

Sie lacht, dieses hübsche Luder, tut aber so, als schäme sie sich; dann streichelt sie das Gehänge des Leutnants, der sie mit mühsam gezügelter Wut anfunkelt. Als das Hauptorgan sich zur Hälfte aufgerichtet hat, vollendet sie ihr Werk sehr sachkundig mit der Zunge, während ich ihre Körperhaltung ausnutze, um ihr bis zu den Lenden das Kleid hochzuschieben, das Höschen herabgleiten zu lassen und dann vor den Augen ihres Verlobten frohlockend die beiden bebenden Halbkugeln ihres Arschs zu begrabschen und mit dem Finger die Furche zwischen diesen Wölbungen entlangzufahren.

›Gut so!‹ sage ich ein bißchen ironisch, als sie aufsteht, um mir wie ein Schmusekätzchen ihr Gesicht mit den geschlossenen Augenlidern, dem leicht geöffneten Mund und der Hurenzunge anzubieten. ›Aber diese wulstige Vorhaut da hat etwas Anmaßendes, das ich bestrafen will. Hebräer, laßt den General fürs erste in Ruhe und sucht euch eine Schere; ihr werdet mir jetzt den Piloten beschneiden.‹

Man bindet dem Opfer mit einem einfachen Strick die Handgelenke zusammen und befestigt diesen Strick, der, um die Operation zu erleichtern, fest angezogen wird, an einem der oberen Ringe. Dann wird beschnitten, was uns ein Stück Haut, das wie die gefüllten Teigwaren aus Bologna aussieht, etwas Blut und einiges Stöhnen und

Zittern seitens des Probanden beschert. Ich war sehr neugierig auf die Operation, hatte ich doch noch nie einer Beschneidung beigewohnt, und freute mich, dieses Interesse nicht nur bei Viola und Candida, sondern auch bei der Verlobten des Patienten feststellen zu können; von dem Augenblick an wußte ich, daß ich letzterer gegenüber nicht strenger sein würde als zu den beiden anderen. Aber die Beschneidung selbst, ein Schauspiel für junge Mädchen, hat mich enttäuscht, wie ich offen zugeben muß.

Laut lachend hält Simon Vert dem Opfer die Vorhaut, die sie ihm weggeschnitten haben, unter die Nase; er führt sie sich zum Mund und tut so, als sei das ein Leckerbissen für ihn.

›Brechen wir dem Flieger die Flügel‹, sage ich. ›Der kleine Rotschiss wird ihn arschficken; danach soll der Zahnarzt seine Eier fressen (und wenn er sie nicht tatsächlich runterschluckt, ist er ein toter Mann).‹

Man lockert ein wenig das Seil, um den Arsch des Leutnants in Reichweite des Juden zu bringen, der sonst auf Kissen steigen müßte, denn er ist im Vergleich zu dem anderen geradezu ein Dackel. Gracchus zieht Rotschiss, obwohl dieser mault, auf meinen

Befehl hin den Mönchskittel aus: Aber wir müssen einsehen, daß die Arschbacken meines langen Arierschweins ihn völlig kalt lassen oder sogar einschüchtern, denn sein Stummelschwanz hängt herab wie die Zunge eines Hundes, der zu lange gelaufen ist. Ich versuche, ihn zum Stehen zu bringen, indem ich ihm Angst einjage, Viola und Candida bearbeiten ihn manuell, doch erfolglos, und so beschließen wir als allerletzten Ausweg, auf ein gutes Hausmittel des Negers Gracchus zurückzugreifen, der ihm die Eichel mit Senf bestreicht, eine ausgewachsene rote Paprikaschote in seine Afteröffnung schiebt und ihn dann fünf Minuten lang mit in Essig getunkten Ruten peitscht. Das Ding richtet sich tatsächlich auf (dünn wie ein ordinärer Füllfederhalter), und wohl aus Furcht, wieder abzuschlaffen, wenn er zu lange wartet (obwohl Gracchus zufolge die Wirkung der Schote von einiger Dauer sein soll), locht er unverzüglich und ohne jede Schwierigkeit ein: So gut eignen sich Fliegerärsche fürs Golfspiel. Wir lachen beim Anblick des arroganten Bruchpiloten (seine Braut liebkost mich direkt vor seiner Nase mit Zungenküssen ins Ohr, während ich sie ostentativ wichse), der von Rotschiss munter besprungen wird; dieser ist auf ihn gekrabbelt wie eine kleine Spinne auf eine lange Libelle und wippt vor und zurück. Wir ziehen das Seil etwas höher; nach einer kurzen Schaukelpartie frei über dem Boden ejakuliert der Jude; wir lassen den Strick wieder herab, damit er seinen Steckling herausziehen und Simon Vert uns seine gesunden Zahnarztzähne vorführen kann.

Letzterem habe ich einen derartigen Schrecken eingejagt, als ich ihm den Tod androhte, daß man, um ihn zum Stehen zu bekommen, weit mehr bräuchte als Mostrich und Paprika; doch die Rolle, die ich ihm zugedacht habe, übersteigt seine Mittel nicht, denn er kann sie mit schlappem Schwanz spielen. Er stürzt sich auf den Unterleib Conradins, der diesmal ein Geschrei ausstößt wie zwanzig Papageien zusammen; wie rasend schlägt er, sich mit den Händen auf den Oberschenkeln des Deutschen abstützend, die Zähne in dessen Klingelbeutel und beißt ihm zerrend und den Kopf hin- und herwerfend das eine und dann auch das andere Ei ab. Sie zu essen, fällt ihm schon schwerer (die rohen Eier eines Erwachsenen sind nämlich zähes Fleisch, müssen Sie wissen); trotzdem gelingt es ihm sehr schnell, fast ohne zu kauen, indem er sie sich mit den Fingern in den Hals stopft, und als er das vollbracht hat, ist sein Gesicht blau angelaufen wie das eines Gehenkten. Bravo, Herr Zahnarzt! Das Opfer blutet wie ein abgestochenes Schwein (das Unangenehme an solch einem Zeitvertreib ist, daß am Schluß der Ort des Geschehens meist stark verunreinigt ist); auf ein Zeichen von mir geben ihm die Neger den Rest, indem sie ihm die Luft abdrehen, und schaffen ihn dann beiseite.

›Donnerwetter!‹ sagt die verwaiste Verlobte freundlich zu mir. ›Ich hätte gern mal so einen Happen Ei probiert. Aber warten wir ab, wie Sie mit meinem Onkel umspringen werden.‹

General von Novar hat unseren Lustbarkeiten wie erstarrt zugesehen und es geschafft, bis zum Schluß militärische Haltung zu bewahren; und er grüßt die sterblichen Überreste seines Kameraden mit ausgestrecktem Arm, das heißt mit dem Hitlergruß. Auf meinen Anruf hin steht er stramm und schlägt die Hacken zusammen (doch die aneinandergebundenen Füße bringen nur ein dumpfes Geräusch hervor).

Ich ordne an, ihm die Schuhe auszuziehen und ihn von unten her zu entkleiden, was die Negerinnen besorgen, die mit affektiertem Gehabe in dem grauen Schamhaar wühlen. Die Uniformjacke, die in Höhe der Lenden endet, wird für unser Unterfangen nicht hinderlicher sein als das kurze Wams der Huren aus gutem (Freuden-) Hause, an das sie erinnert. Also werden wir sie ihm lassen; doch die Mädchen knöpfen sie vollständig auf und reißen Novar in Fetzen das Hemd vom Leib.

›Du wirst es nicht mehr brauchen‹, sage ich zu ihm (denn sein Blick hängt traurig an diesen Lumpen). ›Und jetzt hinunter auf alle Viere.‹

Er gehorcht. Ich schikaniere ihn, indem ich ihm mit dem Absatz auf die Finger trete, ihm einen Schlag ins Genick und ein paar saftige Ohrfeigen verabreiche. Seine an mich geschmiegte Nichte verpaßt ihm zwei Nasenstüber und schürzt ihr Kleid, damit ich sie vor seinen Augen reibe und lecke. Währenddessen lassen die Juden ihre Wut an der Leiche des Leutnants aus, die sie in den hinteren Teil des Raums geschleift haben, so als sollten wir, das heißt der General, seine Nichte, die Neger und ich, ganz unter uns bleiben. Die Hure löst sich von mir und läutet ein wenig die Glocken unterm Bauch des alten Kommißkopfs.

›Die Prügel machen ihn munter‹, sagt sie (wobei sie ihm auf die Stirn spuckt). ›Sein Zipfel rührt sich ein bißchen.‹

Sie sagt das auf eine so entzückend wölfische Art, daß ich mich von einer beinahe brüderlichen Zärtlichkeit durchdrungen fühle. Sie hebt die Arme, um Viola gefällig zu sein, die sich hinter sie postiert hat, um ihr das Kleid auszuziehen und mit der Zunge die Furche zwischen ihren Hinterbacken zu kitzeln. Splitternackt, wie sie ist, reiße ich sie wieder an mich; die Finger meiner rechten Hand tauchen in ihre klatschnasse Scheide; mit der linken streiche ich sanft über ihre hintere Knospe. Sie stöhnt. Langsam bekomme ich einen Ständer.

›Zieht euch nackt aus‹, sage ich zu den Negern. ›Publicola wird den General in den Arsch ficken.‹

Völlig unnötig, solch einen Befehl zu wiederholen. Das Erektionsvermögen dieser schwarzen Kerle springt buchstäblich in die Augen. Beim allerersten Wort, beim kleinsten Zeichen, das man ihnen gibt, sind ihre großen Schwänze draußen, hervorspringend wie Kanonenrohre aus vom Krieg geschwärztem Stahl oder wie Jagdgeschütze bewaffneter Schiffe auf großer Fahrt. Derjenige Publicolas, von erbarmungslosen Lenden in Bewegung versetzt, ist bis zu den Klötenhaaren in das Fernrohr des Zyklopen eingedrungen, und der Neger krümmt sich wie die Schneide einer Sichel über den deutschen General, um ihn herzhaft in den Nakken zu beißen. Während dieses Vorgangs habe ich meine Fingerübungen an den interessanten Partien der jungen Prinzessin fortgesetzt und erhalte dafür eine doppelte Ernte: ihrerseits die Emission diverser Flüssigkeiten und meinerseits das zügige Sichaufrichten meiner Fahnenstange.

Endlich, sage ich mir, wird Samen fließen. Ich schäle mich aus meinem Bischofsornat, der direkt vor der Nase des Generals zu Boden sinkt; dieser Nase versetze ich einen kräftigen Fausthieb, um eine größere Gewähr für den Fortbestand meiner Erektion zu haben, und auf den Ornat schleudere ich meine neue Freundin, die das auch bereitwillig mit sich geschehen läßt, ohne die Spur von Verlegenheit zu heucheln, so sehr ist sie von den Proportionen meines Organs und vor allem von dessen wehender Schlachtflagge fasziniert: diesem orange- und malvenfarbenen Hahnenkamm, dessen ich mich rühmen darf, wie Sie wissen.

Mit einem tüchtigen Stoß dringe ich von vorn in meine Prinzessin ein, bis ich mit der Eichel jene Art Mund beklopfe, den man italienisch *de la tanche* nennt. Dies ist natürlich keine Jungfrauenfotze; doch mein hochroter Kopf ist zu anmaßend, um sich in ihr nicht beengt zu fühlen, und die Schelmin (mit den richtigen Muskeln versehen, müssen Sie wissen) beglückt mich mit höchst liebenswürdigen Druckmassagen, indem sie je nach dem Tempo, das ich vorlege, ihren Nußknacker anzieht und lockert. Kurzum, ich vögele sie, ohne zu entladen, sechs bis acht Minuten lang in die Möse, ziehe ihn dann heraus, drehe sie um und benutze ungefähr genauso lange ihren Arsch. Immer noch ohne gespritzt zu haben, ziehe ich ihn im gleichen Augenblick heraus wie Publicola, der sich (da ihm der Saft weit lockerer sitzt als mir) sintflutartig in Novars Gedärme ergossen hat.

Nach einem weiteren Fausthieb auf die Schnauze (nebst zwei Ohrfeigen von Luna) zwinge ich den General, meinen vom Arsch seiner Nichte ganz mit Scheiße beschmierten Schwanz zu lutschen, was er auch eifrig, willig, maßvoll und, wie ich glaube, ohne den Hintergedanken tut, mich zu beißen.

Gut. Ich ficke dann meinerseits den General in den Arsch; mindestens acht Minuten lang hobele ich ihm, ohne zu entladen, ziemlich rüde den Mastdarm. Damit auch meine Hände nicht untätig sind, wichse ich gleichzeitig Viola und Candida, während hinter mir Luneborge, die Fotze fest an meinen Anus gepreßt, ihren Körper bewegt, als sodomisierte sie mich, und, mit den Armen über meine Schultern greifend, ihrem Onkel fürchterlich die Ohren langzieht. Ich unterbreche meine Nummer, immer noch ohne gespritzt zu haben, und präsentiere dem General ein zweites Mal meinen mit Scheiße (diesmal mit seiner eigenen) beschmierten Pint, damit er ihn mir schön sauberleckt; während er dem Befehl Folge leistet (diese Fellatio mundet mir wie ein Wildbretgang zwischen Fisch und Braten), lasse ich ihn von dem Neger Gracchus in den Arsch fikken; der braucht nicht lange, um ihm mit dem Inhalt seiner Eier die Eingeweide zu füllen, doch er schlafft deswegen keineswegs ab, sondern orgelt munter weiter.

Luna ist so blaß (und die Augen haben in ihrem blutleeren Gesicht derart dunkle Ringe), daß das Schlimmste zu befürchten oder das Beste zu hoffen ist. Sie reibt sich an mir wie eine Hysterikerin, die Beine schamlos gespreizt, das Geschlecht sperrangelweit offen (ihm entströmt ein Aroma wie von Krokus und Pilzen in Essigtunke), die Klitoris so hart, daß ich's mir über die Lenden streichen fühle wie einen Kinderfinger; bei dem Versuch, ihrem Onkel die Augen auszukratzen, hat sie ihm grausam Stirn und Lider aufgerissen. Ich selbst werde immer geiler; die Rangabzeichen und Orden auf der Uniformjacke des Generals, der in Gebetshaltung vor mir kniet, um meinen Stößel zu lutschen, kitzeln angenehm die Innenseiten meiner Oberschenkel, und mir scheint, als sei vom Fußboden rings um mich her, von der Prinzessin, von dem Neger und von dem Deutschen eine dichte, rote Wolke aufgestiegen, um uns alle vier den Blicken der gewöhnlichen Sterblichen zu entziehen und als passende Unterlage für eine Orgie oder einen Kampf von Göttern oder Dämonen zu dienen. Der Neger entlädt sich ein zweites Mal in von Novars Arsch; er drückt ihm mit seinen langfingrigen Würgerhänden den Hals zu und stößt dabei ein Gelächter aus, das von den Wänden zurückschallt wie das Donnergetöse des olympischen Sinnenrauschs. Ich ziehe nun meinen Schaft aus dem Mund des Probanden, greife nach einer Kognakflasche und schlage mit ihr, nachdem ich einen kräftigen Schluck in mich hineingeschüttet habe, den General so heftig aufs Maul, daß ihm drei Zähne herausfliegen. Luna, diese entzückende Megäre, reißt mir die Flasche aus der Hand, trinkt sie mit einem Zug halb leer, schlägt ihr an einem Ring den Hals ab und verunstaltet ihren Onkel, indem sie ihn mit den spitzen Scherben zweimal fürchterlich ins Gesicht haut; dann fällt sie über mich her und schlingt, Kognaksabber auf den Lippen, gierig mein Glied in sich hinein. Auch ich packe sie und rolle in 69er-Stellung mit ihr über den Boden; ich beiße in ihr von Mösensaft und Alkohol triefendes Vlies, tauche Mund und Nase in ihre Scheide, während sie mir mit einer Inbrunst, die höchste Raserei ist, am Stengel saugt. Schließlich und endlich spritze ich ab: Es sind ganze Katarakte von Saft, die ich da in den Schlund meiner göttlichen Hure pumpe, die wie ein Engel alles hinunterschluckt. Und dann wird mir schwarz vor den Augen; alles dreht sich im Kreis; kaum daß ich, bevor ich bewußtlos werde, noch Zeit habe, den Negern einen letzten Befehl zuzurufen:

›Erledigt den General!‹

Als ich wieder zu mir kam, sah ich, daß man mir gehorcht hatte. Die Kadaver der beiden Deutschen lagen unter der Kolonnade, und das Luder, das ich begehrt hatte, sah mich, immer noch nackt und in meine Arme geschmiegt, mit zärtlicher Bewunderung an, so als ob sie wirklich liebte.«

Eine große, längliche Silberschüssel – zweifellos ein kostbares Stück, war sie doch eigens für Monsieur de Montcul vom Körper eines schönen Mädchens *abgeformt* worden, von dem er sich diese greifbare Erinnerung hatte bewahren wollen – machte auf einem kleinen Rollwagen die Runde, den Edmonde vor sich her schob; diese Schüssel enthielt ein buntes Allerlei, bestehend aus Ingwertörtchen, aus mit Knoblauch, Zwiebeln, Honig und Mohnkörnern gefüllten Rouladen, aus nur leicht angebackenen Windbeuteln mit Nüssen aus Pistazienzukker darinnen, aus eingelegten Pilzen, aus süßsauren Melonen und aus in Hammelfett gebackenen roten Rosen. Wir bedienten uns und aßen schweigend, denn das war nach der gerade gehörten Geschichte ein recht schweres Dessert, aber unseren Gastgeber, der beim Erzählen mehr getrunken hatte, als ihm guttat, und der nun ziemlich beschwipst war, kränkte unser Schweigen vielleicht. Jedenfalls warnte er uns plötzlich mit hochrotem Kopf (bei Leuten mit sehr heller Haut kommt es ja bisweilen zu diesen jähen Veränderungen der Gesichtsfarbe), wir sollten uns vor seinem Zorn in acht nehmen, wüßten wir doch genau, an welchem Ort wir zu Tisch säßen.

»Schloß Gamehuche«, summierte er polternd, »ist ein riesiger, sehr gedrungener und allzeit steifer Kegel, der sich jeden Augenblick entladen kann. Seine Eier sind die weitläufig in den unter ihm liegenden Fels getriebenen Stollen, die bis oben hin mit Sprengstoff gefüllt sind, den ich den Deutschen und dann auch den Engländern und Amerikanern abgenommen habe. Ganze Lastwagen sind dort hinuntergefahren, deren Wracks jetzt im Meer vor sich hin rosten. Unter unseren Füßen lagert mehr explosives Material als in den Laderäumen von drei Schlachtschiffen zusammen; da liegen Hunderte von Tonnen vom Brisantesten, Zerstörerischsten, Feuergefährlichsten und Zerstäubendsten, was die

Menschen erfunden haben, und ihr unseliger Geist hat auf diesem Gebiet wahre Wunder vollbracht. Wissen Sie, daß ich nur den Docht einer bestimmten mir bekannten Kerze anzuzünden, an einer bestimmten Schnur zu ziehen oder auf ein bestimmtes elektrisches Knöpfchen zu drücken brauche, um in einer gewaltigen Ejakulation alles in die Luft zu jagen, einer Ejakulation, die den Himmel mit ›Stärke‹ tränken würde, als wäre er das Hemd eines Zuchthäuslers? Und ich schwöre, daß ich das auch tun werde, sollte ich einmal, nachdem ich ihn hochgekriegt habe, außerstande sein, Sperma zu spucken. Der Orgasmus von ganz Gamehuche wird die Rache für mein Fiasko sein!«

Die Neger, Männlein wie Weiblein, hatten sich schon zu Beginn des Anfalls aus dem Staub gemacht, mehr vom Tonfall und vom wilden Gefuchtel ihres Herrn erschreckt als vom Sinn seiner Suada selbst (den sie wohl gar nicht erfaßt hatten). Luna, über ihn gebeugt, versuchte ihn zu beruhigen, wobei sie ihm leise ins Ohr sprach (oder etwas Heißes hineinflüsterte). Edmonde nahm meine Hand und sagte, es sei besser, die beiden jetzt allein zu lassen.

Trotzdem rief Montcul mir, bevor wir hinausgingen, noch zu:

»Heute abend um halb neun: vergessen Sie nicht, dann oben auf der Terrasse zu sein. Dort werden Sie ein hübsches Experiment erleben.«

Ich hatte Edmonde ohne Mühe dazu gebracht, sich in mein Zimmer zu flüchten, aber wir waren nach dem schweren Essen (hatten wir doch auch noch von einem Ferkel gekostet, das lebendig gebraten worden war wie das nach dem berühmten Rezept des Neapolitaners Della Porta gebratene lebende Gänseküken) derart träge und dösig, daß wir einschliefen wie zwei kleine Kinder. Als ich ein oder zwei Stunden später wieder aufwachte, war mir das große Glück beschieden, die Augen direkt vor dem großen, schönen Arsch dieser reizenden Frau aufzuschlagen, die ihn, um ihn mir als Huldigung darzubringen, nicht einmal einen Zentimeter von meiner Nase entfernt in Stellung gebracht hatte. Sie entnahm der Truhe ein bestimmtes Elixier, von dem sie mir sagte, es handele sich um einen *Sellerieextrakt*, und als ich zwei Gläser davon getrunken hatte, bekam ich eine beinharte Antenne. Daraufhin ließ ich meine Partnerin bis zum Abend sämtliche Positionen einnehmen, die mir in den Sinn kamen, trieb es auf jede erdenkliche Weise mit ihr und fiedelte sie an allen Stellen und in sämtliche Öffnungen, die mir ihr Körper mit unerschöpflicher Freigebigkeit darbot; sie fügte sich meinen Launen, mochten sie vergnüglich oder quälerisch sein, wie eine Hündin, die an dergleichen gewöhnt ist, legte aber in bezug auf Montcul eine unglaubliche Ängstlichkeit an den Tag, und obwohl ich weder mit Bitten noch mit Drohungen, ja Verwünschungen sparte, gelang es mir nicht, ihr die mindeste Kleinigkeit über ihren Herrn und Gebieter oder die kleinste Einzelheit über die Umstände zu entlocken, unter denen sie selbst in das Schloß gelangt war. Ihr beharrliches Schweigen zu dem letztgenannten Punkt bestärkte mich sehr in meiner Vermutung, daß sie wohl gegen ihren Willen, das heißt mittels einer Entführung hierher gebracht worden war.

Gegen acht Uhr nahmen wir, der lustigen Sitte auf Gamehuche folgend, gemeinsam einige Waschungen vor. Da wir dazu sehr kaltes Wasser benutzten, erquickten sie mir Kopf und Nerven, die, wie mir schien, ein wenig gelitten hatten, wirkten sich aber nicht im mindesten auf meine Dauererektion aus: Die Latte blieb so hart, wie sie war, allen Ausschweifungen zum Trotz, denen ich mich auf dem wollüstigen Körper Edmondes hingegeben hatte, und diese gestand, womöglich hätte ich ein bißchen viel von dem »Extrakt« getrunken, und riet mir, meinen Pint beim Ankleiden in vertikaler Position unter meinen Gürtel zu klemmen, da es anders nicht möglich sei, ihn halbwegs bequem unterzubringen. Ich befolgte den Rat; unter der schwarzen Seidenunterhose, die meine Freundin mir gebracht hatte, zeichnete sich eine Art Schlagstock ab, der bis hinauf zum Nabel reichte, doch ein langes Jackett (bzw. ein kurzer Mantel) aus Samt in der gleichen Farbe, mit sehr blassen Stickereien abgesetzt, fiel weit genug darüber, so daß die Schicklichkeit (falls sich diese Tugend in einem Winkel des seltsamen Schlosses eingenistet hatte) gewahrt blieb. Als Edmonde mit meinem Aufputz fertig war, gab sie mir einen Kuß und sagte, »zum Glück« sei sie nicht zu dem heutigen Experiment eingeladen, und ich müsse ohne sie hinauf zur Befestigungsmauer. Auch den Negerinnen begegnete ich dort oben nicht.

Als einziger aus der vertrauten Clique schlenderte Gracchus von einem Ende der Terrasse zum anderen und trug dabei jene bärbeißige Miene zur Schau, die er jedesmal, wenn der Hausherr nicht anwesend war, wohl meinetwegen aufsetzte. Außer ihm befand sich, aber regungslos dasitzend, ein mir nicht bekanntes weibliches Wesen auf der Terrasse. Diese Frau – deren Gesichtszüge, obwohl sie großen Kummer ausdrückten, eher auf weniger denn auf mehr als zwanzig Jahre schließen ließen – saß mit dem Rücken zum Meer auf der nicht sehr hohen Balustrade; sie warf mir einen ängstlichen Blick zu, schlug die Augen aber sofort wieder nieder und sah auf das sieben oder acht Monate alte Kind, das sie fest in den Armen hielt. Wo kamen die beiden her? Meiner Meinung nach konnte man sie nur aus einem der beiden vergitterten Türme neben der Toreinfahrt heraufgebracht haben.

Auf der Terrasse, die ich beim ersten Mal leer und schmucklos vorgefunden hatte, standen und lagen jetzt wie im Theater eines

Zauberkünstlers allerlei Requisiten herum. Wegen der vorgerückten Tageszeit warfen die Gegenstände keine erkennbaren Schatten; dennoch erschienen mir in diesem merkwürdig diffusen Licht, das, wenn die Tage so lang sind, daß man meint, sie wollten gar nicht zu Ende gehen, bei schönem Wetter gegen Abend über der Küste liegt, die kleinsten Einzelheiten der Menschen und der Dinge in einer wunderbaren *Schärfe,* und so konnte ich in jeder Farbe die feinsten Nuancen in Ton und Schattierung unterscheiden. Besser hätte Montcul Ort und Zeit für sein Experiment gar nicht auswählen können. In der (durch einen Rhombus aus dunkleren Fliesen markierten) Mitte des Plattenbodens weckte ein eigenartiges Gestell, eine Art Andreaskreuz[1] in einem vertikalen Rahmen, durch das bizarre System aus Riemen, Rollen und Hebeln, mit denen es versehen war, meine Neugierde, aber ich vermochte mir nicht schlüssig zu erklären, wie das Ganze funktionierte und wozu es diente. Ein kleinerer, mit weniger starken Riemen ausgestatteter Rahmen, der jenem

1. Das Andreaskreuz hat die Form eines X *(Anm. des Übers.).*

anderen gegenüber aufgestellt war, sah aus wie eine Zimmerschaukel für kleine Kinder. Außerdem gab es noch zwei große Sessel aus Ebenholz und schwarzem Leder, die in dieser Stunde vor der Abenddämmerung ein wenig fledermausfarben aussahen, und schließlich, auf einem Persianerfellkissen, das aber himbeerrot gefärbt war, ein sehr altes Rasiermesser, das wertvoll sein mußte, denn neben seiner durch Damaszierungen rötlich verfärbten Klinge besaß es einen mit äußerst bizarrer Phantasie gearbeiteten Griff aus Gold. Dieses auf dem rosafarbenen Fell liegende Gold – die Kombination sollte vielleicht auf den Kontrast zwischen einem künstlichen Gebiß und entzündetem Zahnfleisch hindeuten – machte einen ausgesprochen unangenehmen Eindruck auf mich.

Dieser Eindruck war noch nicht verflogen, als ich plötzlich Montcul kommen sah, gefolgt von dem Neger Publicola, der nichts anderes anhatte als eine kurze Hose aus grobem, rotem Stoff, die an dem einen Bein am Knie, an dem anderen in der Mitte des Oberschenkels endete. Mein Gastgeber war in einen weiten Kapuzenmantel gehüllt, dessen grau bis malvenfarben getönter, mit blassen, halbmondförmigen Flecken übersäter Stoff ihn mehr wie einen riesigen, sehr beunruhigenden Nachtfalter als wie einen phantastischen Mönch aussehen ließ.

»So«, sprach dieser überdimensionale Seidenspinner mich an, »ich stelle Ihnen gleich die *Versuchspersonen* des Experiments vor. Dies hier ist Madame Auguste Valentin (wie unter Verwandten wollen wir sie bei ihrem Vornamen nennen: Bérénice), die junge Gattin eines Rechtsanwalts aus Bordeaux, der einmal meine Interessen zu vertreten hatte und das auch sehr gut getan hat; das da ist ihr einziger Sohn, Césarion, in den man so edle Hoffnungen gesetzt hat, daß mich der Gedanke aufrichtig bekümmert, daß sich diese Hoffnungen in Kürze zerschlagen werden und nie etwas aus ihm werden wird. Aber was will man machen? Man muß vieles dahingeben, wenn man etwas erfahren will. Nachdem ich Mutter und Sohn bemerkt, auf sie hingewiesen und dann von meinen Taugenichtsen (bei denen das Kriegsende eine unstillbare Sehnsucht nach derlei Unternehmungen hinterlassen hat) während eines Spaziergangs über die Quinconces hatte entführen lassen, sind sie mir erst vor wenigen Tagen hier angeliefert worden. Um sie Ihnen mit Gewinn vorführen zu können, habe ich dafür gesorgt, daß sie schön frisch geblieben sind.«

Die Frau, die er mir da beschrieb, hörte ihm mit gespannter Aufmerksamkeit zu und hielt dabei die Augen starr auf uns gerichtet, sprach aber kein Wort, und ich sollte den Klang ihrer Stimme auch später nicht zu hören bekommen. Sie schloß nur, je länger Montcul schwadronierte, das Kind mit um so größerer Zärtlichkeit und Angst in ihre Arme. Bérénice Valentin war eine sehr hübsche Frau französischen Typs, dabei aber mehr Tourainerin als Gaskognerin; ihr ebenmäßiges Gesicht war von kastanienbraunen, bis auf die Schultern herabfallenden Haaren umrahmt; die Augen waren kornblumenblau; unter dem weißen Kleidchen, das sie trug, waren schlanke Formen zu erahnen, durchaus dazu angetan, ein für so etwas empfängliches Herz zu erfreuen; ihre nackten Beine waren leicht gebräunt; an den Füßen trug sie Tennisschuhe.

»So gutaussehende Versuchspersonen sind leider selten«, fuhr der Schloßherr fort. »Meine diesbezüglichen Bemühungen gelten nur sehr jungen, zweifelsfrei züchtigen Ehefrauen, die Mutter eines einzigen Kindes sind, das nicht älter sein darf als etwa zehn

Monate. Es ist gar nicht so leicht, sich in ausreichender Menge Schlachtvieh zu beschaffen, das alle diese Voraussetzungen erfüllt, und man wird hinsichtlich des Aussehens nicht oft so verwöhnt wie in diesem Falle. Sie werden jetzt sehen, was es mit dem Experiment auf sich hat.«

Auf einen weiteren Befehl von ihm hin ergriffen die beiden Neger die junge Frau und entrissen ihr das Kind, was ohne einen Schrei, doch nicht ohne Gegenwehr vor sich ging. Dann warfen sie das kleine Kerlchen in eine Ecke, zerrten die Probandin zu dem Andreaskreuz und drückten sie mit dem Rücken zum Holz dagegen. Sie banden sie an den Handgelenken und Knöcheln sehr straff an die vier Balkenenden, und ihr Kopf lag auf einem kummetartigen Brettchen in der Mitte des Apparats. Als sie damit fertig waren und man sehen konnte, daß die Frau sich an keiner anderen Stelle als in der Mitte ihres Körpers würde bewegen können, hoben sie das Kind wieder auf und zogen ihm alle Kleider und Windeln aus; dann hängten sie es mit den Händen an dem erwähnten trapezartigen Ding auf, das sich vor dem Kreuz befand. Auf diese Weise konnten sich Mutter und Kind exakt auf gleicher Höhe ins Gesicht sehen.

»Gut«, sagte der Versuchsleiter. »Aber rückt das Trapez noch etwas näher heran.«

Man schob es näher, bis die Frau ihren unglücklichen Sohn direkt vor Augen hatte. Als auch das erledigt war, griff Gracchus der jungen Mutter dreist unter das Kleid.

»Wie gewöhnlich«, sagte Montcul zu ihm, »wirst du dich hinter das Weibsbild postieren und verhindern, daß sie die Augen zumacht. Es könnte ihr einfallen, sie zu schließen, und dann hätten wir uns umsonst abgemüht.«

Wir beide, er und ich, saßen weniger als einen Meter vom Ort des Geschehens entfernt in unseren großen Sesseln.

»Jetzt du, Caligula. Du weißt ja, was du zu tun hast.«

Der hochgewachsene Neger bückte sich nach dem Rasiermesser, hob es auf und bewegte sich ein wenig tänzelnd auf die beiden Gekidnappten zu, die man zu Mißhandlungen hergerichtet hatte, die ich noch nicht kannte, von denen ich aber ahnte, daß sie grausam sein würden. Zuerst tastete der Neger Bérénice Valentins Körper, wobei er ihr brutal Brüste und Schenkel knetete, und sah ihr böse lachend in die Augen. Sein Bongo spannte seine weitgeschnittene Hose wie ein Zeltdach. Ich erwartete, daß er über die Frau herfallen würde, die mit ihren Fesseln völlig wehrlos allen erdenklichen Attacken ausgesetzt war und ihn zitternd anstarrte, doch er wandte sich dem Kind zu. Nachdem er mit dem Fingernagel eine Art Halbierungsstrich über das kleine Gesicht gezogen hatte, setzte er am oberen Ende dieser Linie die Schneide seines Messers an und durchschnitt, sein Opfer mit kräftiger Faust festhaltend, mit einer ebenso raschen wie präzisen und weichen Bewegung die Stirnhaut, die der Nase (mitsamt dem Knorpel), die Lippen, das Zahnfleisch und das Kinn bis hinunter zum Halsansatz; dann waren die Brust, der Bauch und schließlich das kleine Geschlechtsorgan an der Reihe, das er sorgfältig in zwei genau gleich große Hälften zerteilte. Grauenhaft spritzte überall Blut hervor. Dann nahm der Neger (der lange Fingernägel hatte) an der Stelle, wo die Nase gewesen war, die beiden Ränder der Wunde, zog die Haut mit einem heftigen Ruck nach links und nach rechts und *enthäutete* so, unmittelbar vor den Augen der Mutter, binnen weniger Sekunden das Gesicht des Kindes. Er wiederholte die Übung weiter unten am Rumpf, um den kleinen Körper auf der gesamten Vorderseite bis hinab zu den Oberschenkeln seiner Epidermis zu entledigen. Der Mutter, welcher der andere Neger gewaltsam die Augen offenhielt, war keine Einzelheit der entsetzlichen Prozedur entgangen, und ihr röchelnder Atem klang wie das Wogen schwerer Wellen. Statt weiß zu werden, wie man erwartet hätte, färbten sich ihre Wangen purpurrot, ein Farbton, der mit dem gräßlichen Bild, das der kleine Gehäutete bot, seltsam korrespondierte.

»An diesem Punkt des Lebens«, sagte Montcul, »wo die Frauen noch wie durch eine unsichtbare Nabelschnur mit der Frucht ihres Leibes verbunden sind, vor ihren Augen im Handumdrehen das *Gesicht* ihres einzigen Kindes zu zerstören, dies Gesicht, in dem sich all ihre Liebe bündelt, das der Bezugspunkt all dessen ist, wofür sie eigentlich leben, neben dem es kein Ding und kein Bild gibt, das sie wirklich zu berühren vermag, es wie mit einem Radiergummistrich vor ihnen auszulöschen, es in ein Muskelmodell zu verwandeln – bedenken Sie, was für eine Erschütterung (ein viel zu schwaches Wort) das in ihnen hervorrufen muß.

Und bewundern Sie mich, daß ich ein solches Schockmittel ersonnen habe. Wenn die Nervenfaser sich verhalten würde wie die Moleküle in der Chemie, was für Reaktionen würden wir erleben? Doch die menschliche Natur ist abartig, und gerade das Unglaublichste ist bei ihr gang und gäbe. Meistens geilt sie das noch auf, wie Sie gleich sehen werden.«

Unterdessen hatte Caligula seine Klinge in die Brust des kleinen Jungen gestoßen, der, glaube ich, noch atmete; dann band er ihn los und warf ihn, ohne sich deswegen einen Schritt von uns zu entfernen, in hohem Bogen über die Balustrade.

»Laßt's euch schmecken, ihr Krabben«, rief er ihm nach.

Das sorgfältig an der Hose abgewischte Rasiermesser kehrte auf sein Pelzlager zurück. Dann machte sich der Henker wieder an die Arbeit: Er riß der Mutter das Kleid vom Leib und zerfetzte ihre Unterwäsche, löste aber keine der Fesseln. Entblößt lag der schöne Körper vor uns, eine Spur fülliger, als ich ihn mir vorgestellt hatte, über und über rot wie von Masernflecken. Gracchus betätigte die Hebel und ließ das Kreuz nach hinten kippen, so daß es am unteren Ende des Rahmens in eine horizontale Position fiel: ein Klappbett, auf dem sich unsere Gefangene jedem, der sie wollte, entgegenspreizte. Im Nu stand Caligulas Hose offen, aus der ein prachtvoll aufgerichteter Schwanz hervorsprang; er beugte sich über die wie zur Vierteilung daliegende Schönheit, spreizte mit Daumen und Zeigefinger ihre rötlich bemooste, klitschnasse Fotze auf, bugsierte die Eichel hinein und rammte mit einem einzigen Lendenstoß (aber dem eines Negers) den mächtigen Pint, den er mir tags zuvor wie eine über Michelettes Hinterkopf geschwungene Keule vorgeführt hatte, bis zu den Eiern in das weiche Fleisch.

»Sehen Sie gut hin«, sagte Montcul.

Er beugte sich zu Bérénice' Gesicht vor und fühlte ihr sogar den Puls. Die mit völlig verstörtem Gesichtsausdruck und weit aufgerissenen Augen daliegende junge Frau sperrte den Mund auf, aus dem Speichel rann, und hielt ihn wie eine Verzweifelte den Lippen des Gewalttäters entgegen, der sich, während er sie fickte, wie ein Bogen über sie spannte, so als wollte er sie nirgendwo anders berühren als in ihrer Spalte. Ihre Brustwarzen wurden hart wie die Spitzen eines Brustpanzers, ihr Bauch hob und senkte sich, und über ihre Haut lief ein Schauder, der in einem krampfartigen Zukken endete; es stand völlig außer Frage, daß sie von einem blinden, rasenden Orgasmus geschüttelt wurde.

»Gleich bei der ersten Attacke«, kommentierte mein Gastgeber, »und ohne daß es irgendeines Vorspiels bedurft hat, kommt es dieser Hure. Dabei war sie eine sehr zurückhaltende Frau, müssen Sie wissen! Ich glaube, nicht einmal in den Armen ihres teuren Gatten ist sie jemals sonderlich feucht geworden! Aber so sind sie alle; springen Sie mit ihnen um, wie ich es tue, und sie machen sich naß wie läufige Hündinnen. Sehen Sie sich nur diese Verrenkungen, diese verdrehten Augen, diesen verzückten Gesichtsausdruck an ... Heiliges Kanonenrohr! Ich bin sicher, daß Ihr Glied zum Bersten spannt, Sie sind, scheint's, der geborene Satyr.«

Er berührte mich, schwieg vielleicht eine Minute lang in Gedanken versunken und fuhr mich dann mit urplötzlicher Feindseligkeit an:

»Gehen Sie jetzt wieder hinunter. Sie haben genug gesehen. Lassen Sie Ihre vulgäre Geilheit an dem großen Arsch aus, auf den

Sie so scharf sind, wie ich weiß, oder an den Pflaumen meiner Negerinnen. Wir werden das hier ohne Sie zu Ende bringen.«

Ich war heilfroh, daß ich diesem Befehl Folge leisten und mich verdrücken konnte, aber nicht, wie er mir nahegelegt hatte, um zu den Mädchen zurückzukehren, die sich wer weiß wo versteckt hatten und denen ich nach dem, was ich gerade gesehen hatte, nicht die mindeste Artigkeit hätte erweisen können, sondern weil ich, ohne ein Urteil darüber abzugeben, was mein fürchterlicher Freund als seine »Experimente« bezeichnete, über seine Launen und jähen Stimmungsschwankungen derart erschrocken war, daß ich das Schlimmste befürchtete, wenn ich noch länger im Schloß bliebe.

Ich ging in mein Zimmer und tauschte die in Gamehuche übliche Tracht gegen eine Kleidung, wie sie in den Ländern Europas allgemein verbreitet ist. Hals über Kopf lief ich dann, dabei sogar einen Koffer opfernd, den ich in der Eile nicht finden konnte, hinab zu meinem Wagen. Zum Glück sprang der Motor auf Anhieb an. Gracchus, der gleich nach mir im Hof erschienen war, beobachtete mich, und diesmal glaubte ich der Art, wie er mich ansah, entnehmen zu können, daß er mich beneidete. Beklommen fragte ich mich, ob er mir das Tor aufsperren würde, aber er tat es, kaum daß ich ihn darum gebeten hatte. Da sah ich – verfluchtes Mißgeschick! –, daß das Meer, das seit über zwei Stunden stieg, den Zufahrtsweg schon vollständig überspült hatte; aber ich verspürte ein so heftiges Bedürfnis, diesen bedrückenden Zwinger hinter mir zu lassen und *außerhalb des Kreises* zu sein, daß ich mein Fahrzeug, ohne lange zu fackeln, aus dem Schloßhof heraus auf die äußere Plattform fuhr. Das Tor wurde hinter mir abgesperrt. Ich sah niemanden mehr.

Über mein Lenkrad gebeugt, blieb ich die ganze Nacht wach und wartete, daß das Meer seinen Höchststand erreichte und dann langsam zurückging. Endlich begann es zu dämmern, und gegen sechs Uhr schlugen die Wellen nicht länger gegen den Damm. Als ich über ihn hinwegfuhr, blies der Wind so stark, daß ich Mühe hatte, die Richtung zu halten. Ich fuhr etliche Zeit aufs Geratewohl über die schlechten Straßen des Heidelands und hielt erst an, als ich an eine durch Dickicht geschützte Stelle kam, wo ich alle Fenster hochkurbelte und einschlief, so wie man stirbt.

Soll ich hinzufügen, daß ich drei Wochen, nachdem ich wieder daheim war, ohne allzu große Überraschung im Lokalteil des »Phare de Vit«, den ich kurz vor meiner Abreise abonniert hatte, um die genauen Zeiten von Ebbe und Flut zu erfahren, folgende Meldung las:

»Gestern abend hat bei Einbruch der Dunkelheit eine außerordentlich heftige Explosion in unserer Region für große Unruhe gesorgt. Der Himmel südlich von Saint-Quoi wurde von einem furchtbaren Blitzstrahl, der vertikal emporzuschießen schien, taghell erleuchtet; gleichzeitig bebten die Häuser, und ein ungeheures Getöse versetzte Mensch und Tier in panische Angst. Bislang gibt es nur Spekulationen darüber, wie dieses Phänomen zu erklären ist –

Atomversuch oder bloße Ungeschicklichkeit irgendwelcher Schmuggler –, das sich anscheinend in der entlegensten Gegend der Côte de Vit ereignet hat.«

Ein paar Tage danach bestätigte ein etwas längerer Artikel, was ich sofort vermutet hatte: nämlich, daß der Ort der geheimnisvollen Explosion Gamehuche gewesen war. Vom Schloß und seinen Bewohnern war nicht die geringste Spur gefunden worden: Bei Flut ragte nichts über die Wellen hinaus, und die Ebbe enthüllte an der Stelle, die ich als feudale Festungsanlage erlebt hatte, jetzt nur noch ein großes, wüstes Durcheinander von Steinen, das bald den Algen und Muscheln anheimfallen würde. Der Verfasser des Artikels sang in höchsten Tönen ein Loblied auf den verschollenen Schloßherrn, den er nacheinander als Monsieur de Mountarse, als *Montcul* (in der Résistance), als reichen Engländer, Philanthropen, Demokraten, vorbildlichen Patrioten und treuen Freund Frankreichs bezeichnete; der Artikel schloß mit einem eindringlichen Spendenaufruf, damit vor dem Rathaus von Saint-Quoi eine Büste des Helden aufgestellt werden konnte.

Vermutlich (und der Tageszeit nach, zu der es zu der Katastrophe gekommen war, wahrscheinlich bei einem neuen »Experiment«) hatte Montcul eine Erektion bekommen, aber nichts mehr zu seiner Verfügung gehabt, das ihn zum Entladen zu bringen vermochte; und da hatte er, denke ich mir, seiner Ankündigung getreu auf den kleinen Knopf gedrückt und *alles in die Luft gejagt*. Ich steuerte mein Scherflein zu der Spendenaktion bei, um (mit einem Humor, der ihm sicherlich nicht mißfallen hätte) diesem unerträglich großen Menschen einen letzten Gruß zu entbieten. Und damit meine garstige Erzählung wenigstens am Ende mit einigen Worten der Zärtlichkeit aufwartet, will ich gestehen, daß ich häufig die Augen schließe und mir Edmondes Arsch vorzustellen versuche. Dann dauert es auch nicht lange, und er kommt auf mich zu geschwebt wie eine weiße und rosafarbene Doppel-Montgolfière an dem durch meine geschlossenen Lider geschaffenen dunklen Himmel; wenn ich merke, daß er mir zwischen seinen erregenden Rundungen hervor freundschaftliche kleine Fürze zusendet, lächele ich und denke an das liebe, sanfte Mädchen, dessen schönste Zierde er war.

Doch dieses Rosa und dieses Weiß werden mich nie vergessen lassen, was Montcul einmal zu mir gesagt hat:

»Eros ist ein schwarzer Gott.«